徳間文庫

天海の秘宝 上

夢枕　獏

徳間書店

目次

序の巻 5
巻の一 からくり屋敷 23
巻の二 辻斬り 58
巻の三 悟空 84
巻の四 犬化け 127
巻の五 風神雷神 147
巻の六 宝探し 173
巻の七 闇法師 224
巻の八 来訪者 280
巻の九 天の宮 310
巻の十 永代橋の男 350

さて、一子九郎松《くろまつ》、今年四才になりけるが、ある夜、風雨激しく大雷の時、与九郎、九郎松を抱《いだ》きて小便をさせけるに、

「父様《とゝさま》、旅僧《たびそう》を殺した晩はこんなであつたのふ」

と、初めてものを言ひければ、さすがの与九郎、身の毛聳《そばだ》ち、ぞつとして恐ろしく思ひぬ。

――『安積沼《あさかのぬま》後日仇討《ごにちのあだうち》』山東京伝

序の巻

一

蠟燭《ろうそく》があってよかった。

蠟燭へ灯《あか》りを点《つ》けたのは、ここに吸える空気があるかどうか、不安だったからだ。しかし、炎は、充分に燃えてたちあがっている。心配ない。

石段に、左足を踏み下ろす。次が右足だ。ゆっくりと、降りてゆく。左右は、積まれた石の壁だ。天井をふさいでいるのも、石のようであった。

ひた、ひた、と石段を降りてゆくと、左側の壁に、四角く箱形に窪《くぼ》みが刻まれていて、そこに、甲冑《かっちゅう》を着た鎧武者《よろいむしゃ》が座していた。蠟燭の灯りの中にその姿が浮かびあがった時には驚いた。しかし、その甲冑には中身がなかった。鎧を置いて、中に人がいるように見せているだけである。

籠手《こて》、草摺《くさずり》、膝鎧《ひざよろい》、脛当《すねあて》までもが、きちんとつなげられており、どこをどう工夫したのか、人がそこに座しているように見せているのである。腰のあたりには太刀《たち》も下がり、背には征矢《そや》を負って、弓までもが身体の横に立てかけてあった。

いつの戦《いくさ》の時の鎧なのか、家紋などはあるのかと調べようとしたのだが、今は、それをしている時ではない。石段を踏んで、さらに下へ降りてゆく。

左右の壁は、いずれも等間隔で小さな部屋のように四角く彫られており、そこに甲冑が座したようなかたちで置かれていた。左右十体ずつ――二十体分はあったろうか。

右へ、右へ、石段は螺旋《らせん》を描きながら下っていた。

下るにつれて、黴臭《かびくさ》い、湿った空気が濃くなってゆく。

地下に、このようなものがあったとは――

建物で言えば、三階分か、四階分くらいは下ったであろうか。

降りきったところは、石の部屋であった。

灯りを動かすと、奥に、鈍く光るものがあった。

近づいてゆくと、それから反射される光も強くなった。

「おう!?」

と、思わず声をあげていた。

まさか、ここにこのようなものがあるとは――

その横に、唐櫃《からびつ》が置かれ、さらに唐櫃の横に人が座したように見せた鎧が——そう思ってよく見れば、その鎧には中身があった。乾いて木乃伊《ミイラ》化してはいるが、その鎧は人が身につけていたのである。

その鎧を着た人物の膝の上に、一冊の、糸で綴《と》じた本——冊子が置かれていた。

蠟燭の炎を近づけると、

『大黒問答《だいこくもんどう》』

と、その冊子の題が見えた。

唐櫃の上に蠟燭を立て、冊子を手にとった。

開いた。

「これは……」

その文字に覚えがあった。

読むうちに、手が震え出した。

「まさか、しかし……」

いったん、その冊子を閉じて、大きく息を吸い込む。知らぬうちに、呼吸が荒くなっていたのである。

冊子を閉じ、それを唐櫃の上に置いて、呼吸を整えていると——

「おや……」

ひとつのことに気がついた。

すぐ向こうの壁の石から、鉄とおぼしき輪がぶら下がっているのが見えたのである。

大人の頭ほどの大きさの輪であった。

何故、あのようなところに、鉄の輪があるのか？

そこへ向かって歩いてゆき、輪を両手で握った。

引いてみる。

動かない。

体重をのせて、もっと強い力で引くと、ごじり、と石がわずかに動いたようであった。

動くぞ!?

さらに力を込めようとした時、あることに気がついた。さっきより、この石の部屋が明るくなっているのである。

振り返った。

すぐに、理由がわかった。

立てておいた蠟燭が、冊子の上に倒れ、炎が冊子に燃え広がっていたのである。

二

雨の中を、走っている。

夜の道だ。

天の一部がぼんやりと明るいのは、雲がその中へ月を呑《の》んでいるからだ。大気は、湿気を含んで、じっとりと湿っている。その中を、どこからか飛ばされてきた雨が降っているのである。

風が、強くなっている。

雲が激しく動いている。このままでは、月はいずれ完全に雲に隠れて見えなくなってしまうであろう。

降らないと読んで、今夜、盗《つと》めに出たのだ。夜の盗めであり、降れば、月が隠れて動きがとれなくなる。そうなると、灯りは点けられないから、ものが見えない。いくら、夜目が利くとはいっても、それは多少の明りがあってのことだ。

雲が、ざわざわと音をたてて、西の空のどこからか、大量に天に向かって這《は》い出てきていた。

しかし、すでに仕事は半分すんでいる。

浅草の鼈甲屋《べっこうや》の岡田屋に入って、土蔵から千二百両ほど盗んできたのだ。仲間の者が、あらかじめ岡田屋に入って、蠟で土蔵の鍵《かぎ》の型をとっておいた。それで、土蔵を開けたのだ。

用意していた舟に乗り込んで、上げ潮にのって逃げ、今、舟から降りて、予定の場所まで走っているところであった。

あたりが、さらに暗くなった。

鼯鼠《むささび》の源蔵《げんぞう》は、天を見あげ、

「ちっ」

と舌を鳴らした。

月が、完全に雲の中に隠れてしまったのだ。

その瞬間、かっ、と周囲が昼間のように明るくなった。

走っている五人の男の姿が、くっきりと浮かびあがる。

前方に、太い、青い火柱が立って、大気の裂けるような雷鳴が轟《とどろ》いてきた。

指一本ほどはありそうな太い雨粒が、激しく源蔵の頬《ほお》を叩《たた》きはじめた。顔が、雨粒に叩かれて痛い。それまでの雨がなんであったのかと思えるほど大量の雨滴が、無数の拳《こぶし》で打つが如くに大地を叩きはじめた。昼であっても前が見えぬほどの雨であった。

「ちょうどいい」

頬についた返り血を、この雨が流してくれるだろう。

五人殺した。

三人は男で、ふたりは女だ。

歳をくった方の女はすぐに始末をしたのだが、若い方の女が、少しだけ長生きをした。

平吉《へいきち》が、女を犯《や》ってしまったのだ。

犯ってる最中、平吉が腰を動かしていた分だけ、若い女の寿命がのびたことになる。

「いいかげんにしろ」

源蔵に言われて、平吉は、

「ふん」

いきなり双牙《そうが》の先を女の喉《のど》に突っ込んだ。

ぞきん、
いやな音がした。

平吉が、女の喉から双牙を抜くと、肉の裂けめから太い血が飛び出してきた。

双牙を逆手に握り、後ろからやったので、本人は血を浴びなかったのだが、源蔵が、女の喉から噴き出した血を頬に浴びてしまったのだ。

「馬鹿」

源蔵が言うと、

「後で舐《な》めさせてくれ」

女の背を蹴りとばしながら、平吉は嗤《わら》った。

女は、床から土間に顔から倒れ込み、一、二度、手と足をひくつかせたが、すぐに動かなくなった。

そのまま、盗んだ千両箱と二百両ほどを持って逃げたのである。

少し、時間がかかってしまった。

もしも山女魚《やまめ》を連れてきていたら、もっと時間がかかってしまったろう。

千両箱は、岡田屋の名が入っているので、舟から大川へ捨てた。

また、稲妻が光った。

泥水を跳ね飛ばしながら走る。

向こうに、灯りが見えた。

「もうそこだ」

源蔵は言ったが、激しい雨と風の音で、その声は、自分の耳にやっと届いただけであった。

山女魚が、火と灯りを用意して、待っていた。

蝸牛《かぎゅう》は、胡座《あぐら》をかいて、柱の一本に背をあずけ、胡座の間から立てた剣の柄《つか》を左肩へのせて、鞘《さや》に左腕をからめている。

右手に、酒の入った杯《さかずき》を持って、それを時おり口へ運んでいる。

源蔵が入ってきても、蝸牛は視線さえむけなかった。

五人は、土間で着ていたものを脱ぎ、手でそれを絞った。

その間に、床の上で、山女魚が白い指先で小判を数えている。

屋根と言わず、壁と言わず、雨と風が激しく叩いている。

戸口や壁の透き間から、稲妻が光るたびに鋭い光が、青い刃のように中へ切りつけてくる。

そのすぐ後に、どろどろと天地が鳴動する。

「あったよ。千と二百五両」

山女魚が言った。

「半分は、ここで分ける」

源蔵が、絞った着ものを、再び身につけながら言った。

体温と火で、濡《ぬ》れたものを乾かそうということらしい。

「いいか、てめえたち。金は少しずつ使うんだ。急に羽振りのいいところを見せたりするんじゃねえぞ。どこで、アシがつかねえとも限らねえからな――」

「へえ」

源蔵の言葉に、平吉がうなずいた。

男たちの身体から、湯気があがり出している。

平吉が、脱いだものを身につけようとすると、

「やめとくんだな……」

蝸牛が、低い声でつぶやいた。

「おれのことかい」

右袖《そで》に手を突っ込んだ姿で、平吉が言った。

「そうだ」

平吉の方を、見もしないで蝸牛が言った。

杯の中に入っていた酒を乾《ほ》す。

「血の臭《にお》いがするぜ」

平吉は、右手を曲げ、袖の臭いを嗅《か》いだ。

「しねえよ」

「人は、てめえの臭いにゃ、気づかねえものだ」

「自分の？」

「血の臭いは、てめえの身体から臭ってくるんだよ」

「――――」

「そいつを着たら、てめえの血の臭いが、着ているものへ付く。だから、やめとけと言っ

たんだ」

「なんだとう!?」

「また殺《や》ったな。おまえのことだから、どうせ女だろう」

言った途端に、蝸牛の右耳のすぐ横――柱に、
かっ、
と音を立てて刺さったものがあった。

細い、長めの鋏《はさみ》であった。

平吉が投げたものであった。

この細い鋏を、喉に突っ込んで、頸動脈《けいどうみゃく》を、ぞきん、と切る。

それが、平吉の技《わざ》だ。

「臭う……」

鋏が、顔のすぐ横に突き立ったのに気づいていないかのように、蝸牛は杯を床に置き、銚釐《ちろり》を手に取って、それへ酒を注《つ》いだ。

「また、この鋏を使ったのか……」

蝸牛が言った。

「そうだよ」

平吉の眼が笑った。

酒の入った杯に伸ばしかけていた蝸牛の右手が止まった。左手が、鞘を摑《つか》み、その親指が、剣の鍔《つば》を押しあげて、鯉口《こいぐち》を切った。

「やる気かい」

平吉が言った。

「違う……」

そうつぶやいたのは、源蔵であった。

源蔵もまた、蝸牛の気がついたことに気づいたようであった。

「朝吉《ちょうきち》——」

蝸牛が言った。

「それは、着なくていい」

「へ!?」

一番遅れて、絞ったものをまた身につけようとしていた朝吉は、首を引っこめるようにして、蝸牛を見た。

「客だ」

蝸牛がつぶやいた。

「なに!?」

平吉の、帯を締めようとしていた手が止まった。

一同の顔に、緊張が走った。

「外へ出て、様子を見てこい」

源蔵が言った。

朝吉は、着ようとしていたものを、床へ放って、戸に手をかけた。

戸を、引き開ける。

外は、真暗闇《まっくらやみ》だ。

外へ洩《も》れる灯りに照らされて、戸口のすぐ向こうの地面を殴りつけるようにしてはねを飛ばしている雨が映った。

外の様子をうかがいながら、朝吉は、おそるおそる外へ出た。

かあっ、
と、天地が光って鳴動した。

戸口の向こう——その闇の奥に、人影が立っているのが見えた。見たのは、朝吉だけではない。中にいる者も、戸口から外へ眼をやっていた者は、全員が、雨の中に立つ、その人影を見た。稲妻が光っている間——つまり、それは、一瞬のことであったのだが、確かに皆は、それを眼にしていたのである。

一瞬ではあったが、誰もがその眼に焼きつけたのは、それは、その人影が黒い装束を身につけていたということであった。

強い雨音が地面を叩いているのへ向かって、雨の中で、朝吉は声をあげた。

「てめえ、誰だ!?」

黒い影は、答えるかわりに、

「不知火《しらぬい》の一味だな」

逆に問いかけてきた。

「頭目《かしら》は、鼯鼠《むささび》の源蔵……」

黒い影の声は、ともすれば、風雨のため消えそうになるが、それでも、なんとか男たちの耳に届いてくる。

「猿《ましら》の朝吉、屁《へ》っぴりむしの三助《さんすけ》、くさめの平吉、鼬《いたち》の五右衛門、おまえたちのことは調べがついている」

「てめえ、加役《かやく》の者か!?」

朝吉が言った。

加役というのは、火附盗賊改《ひつけとうぞくあらため》のことだ。

もともとのことで言えば、火附盗賊改というのは、幕府の職制の中に存在する役職ではなかった。その名が正式の役職名となるのは江戸後期のことで、はじめは先手頭《さきてがしら》という役職の中から、人を選んで火附盗賊改という役につけていたのである。つまり、先手頭の加役が火附盗賊改というわけで、このため、いつの間にか、火附盗賊改のことが、加役と呼ばれるようになっていったのである。

　朝吉の、加役という言葉に、ぞろりぞろりと、中にいた者たちが、雨の中に獣《けもの》のように這《は》い出てきた。それぞれが、手に武器を握っている。

　山女魚、蝸牛、源蔵の三人は、まだ動いていない。

「まさか、加役がここまで来やしねえだろうよ」

　五右衛門が、左手で、髯《ひげ》の生えた顎《あご》を撫《な》でながら言った。

「火附盗賊改ではない」

　その黒い影は言った。

　その影の足元に、緑色の光がふたつ、点《とも》っている。

　獣の眸《め》だ。

「何者でえ」

　三助が、怒鳴るようにして叫んだ。

　声を大きくしないと、雨音に消されて聴こえないからだ。

「大黒天《だいこくてん》……」

　黒い影がつぶやいた。

　どれほども大きい声を出してはいないというのに、この雨音の中で、黒い影の声はよく届いてくる。

「だ、だいこく!?」

「大黒天じゃ」

「それが、何だってんでえ!?」

朝吉が問う。

問われたが、すぐには返事は返ってこなかった。何か思案しているような、言うべき言葉を捜しているような沈黙であった。

ただ雨が激しく黒い影の上から注いでいる。

やがて——

「ぬしらに頼みがある」

黒い影は言った。

「なに!?」

三助が、声をさらに大きくした。

「おれの手下《てか》にならぬか」

「手下だと?」

「そうじゃ、手下にならぬかと問うている」

「何故、我らがぬしの手下にならねばならぬのじゃ」

「おい、朝吉よう——」

平吉が、右手を懐《ふところ》に入れて朝吉に声をかけてきた。

「なんでえ、平吉」

「言いあってたって、埒《らち》があかねえ。いい方法があるぜえ」

「なんでえ、そりゃあ」

平吉は、朝吉の耳に口を寄せ、

「殺して埋めちまおう。その方が面倒がなくていい」

そう言った。

言い終えた時には、平吉の右手が懐から抜かれ、ひゅっとその手首が動いた。

何かが、平吉の右手を離れ、宙を疾《はし》った。

黒い影——大黒天が、左手を持ちあげ、自分の顔の前を、ひょいと横へ撫《な》でるような動きをした。

稲妻が、また閃《ひらめ》いた。

その閃光《せんこう》の中に、見えたものがあった。

大黒天の背後にあった松の幹に、平吉の投げた双牙——鋏が、深々と突き刺さっていた。

「ちっ」

と舌打ちをした平吉の声にかぶせるように、雷鳴が轟いた。

「どけ、平吉」

後方から、声が聴こえた。

平吉が振り向くと、背後に、蝸牛が立っていた。

まだ刀身が鞘に入ったままの剣の柄を右手に握り、それを肩に担《かつ》いで、蝸牛が平吉の横に並んだ。

「おれが相手をしよう」

ぼそりと蝸牛は言った。

剣を肩に担いだまま、蝸牛は雨の中へ歩き出していた。

巻の一　からくり屋敷

一

「さあ、ごろうじられよ、ごろうじられよ」

髯面《ひげづら》の、山伏姿の男が、桜の木の下で声をはりあげている。

その周囲を、二十人余りの参拝客が囲んでいた。その中には、子供の姿も混ざっている。

深川八幡の境内であった。

山伏と、見物客の頭上には、七分咲きの桜の枝が被《かぶ》さっている。その花の上は、白い雲が浮く青い天である。

山伏の前には、腰高の台が置かれ、白い布が一枚掛けられている。その上に、栓《せん》のされた、一個の大瓢簞《おおびょうたん》が乗っている。その大瓢簞の横には、小さな杯《さかずき》がひとつ、置いてあった。

「これなる瓢箪の中に入っているのは、わしが、はるばる高野《こうや》の地より、汲《く》んで持ち帰りたる神水《しんすい》じゃ」

山伏は、数珠《じゅず》を持った手を瓢箪に向かって合わせ、眼を閉じた。

「その源《みなもと》は、天の天《あま》の川《かわ》じゃ。御大師様が、天よりこの水をひき、高野の神域を流るる水にて、ひと口飲めば万病を避け、来世は極楽往生《おうじょう》ができると言われておる」

見物客は、しんとなって、山伏のこの口上を聴いている。

「では——」

山伏は、左手で瓢箪を取り、右手で栓を抜き、杯の中に瓢箪から水を注いだ。瓢箪に栓をして、それを元のように台の上に置き、杯を手に取って、それをくいっと乾《ほ》した。

「おう、甘露じゃ……」

眼を閉じてそう言った後、山伏は眼を開き、杯を置きながら、

「……とそう言いたいところだが、天の川は、あれは川に見えて実は海にてある故、ほのかに潮《しお》の味がするところが、この神水の神水たる所以《ゆえん》」

客を見回してそう言った。

「では、これがただの水でないことを、皆々に示してしんぜよう」

山伏は、瓢箪をうやうやしく左手に取って、右手で栓を抜き、その栓を台に置いた。開いた瓢箪の口へ向かって、右手を立て、静かに、低い声で何かを唱えはじめた。

オン・アミリトドハンバ・ウン・ハッタ・ソワカ……

馬頭《ばとう》観音の真言《しんごん》である。

しかし、見物客の中にそれを知る者が何人いたか。

唱え終えて、山伏は瓢箪を台の上に置き、その上に、左手の指先を乗せ、

「この地におわします八幡の神に申しあぐる。これがまことに、天より流れきたる神水であることを知らしめたまえ。わがのることに応《こた》えたまえ。その御《み》しるしとしてこの瓢箪を動かしたまえ……」

右手を祈るかたちに顔の前で立てて、そう言った。

言い終えて、ゆっくりと、山伏は触れていた指先を離していった。

と——

「おう……」

「見よ」

見物客たちの間から、声があがった。

「動いた」

「動いているぞ」

山伏の指先が離れると、台の上に置かれた瓢簞が、揺れはじめたのである。

ゆらり、ゆらりと、左右に、また前後に、瓢簞が揺れている。

小さなどよめきの声が、客たちの間から沸いた。

「どうじゃ、今日は、これを、杯一杯、二文で飲ませてしんぜよう――」

山伏が言うと、

「一杯《いっぺえ》たのむ」

若い男が、前に出てきた。

右足を引きずっている。

「三日前《めえ》に、足を挫《くじ》いちまってよ。仕事にならねえ。それで、八幡様にお参りに来たんだが、そいつを飲みゃあ、この足も治るのかい」

「治るか治らぬかは、おまえの信心しだいじゃ。試してみよ、二文じゃ――」

「試すさ。二文で足が治るんなら、安いもんだ」

山伏が杯に注いだ神水を、男はひと口飲んだ。

杯を返し、男は、歩いてみせる。

まだ、右足を引きずっている。

「やい、治らねえぞ」

男は言った。

「そうすぐには効かぬ。神水が腹より滲《し》みて、足にそのききめが現われるには、それなりの時がかかる」

「ばかやろう。時さえかけていいんなら、自然に治らあ――」

男は、山伏に駆け寄って、その胸ぐらを摑《つか》んだ。

見物客が、はっとなった。

これから起こることへの期待もそれには混ざっている。

「やい、金を返しやがれ」

「待て待て待て、おまえの足、治っているではないか――」

山伏は言った。

「なに!?」

「今、おまえがわしに走り寄ったその時、足を引きずってはおらなんだではないか――」

「なんだとう?」

男は、胸ぐらを摑んでいた手を離して、そこで、何歩か歩いてみせた。

もう、足を引きずっていない。

「治ってらあ」

男は、挫いた右足で、どんどんと地面を踏んでみせ、

「多少の痛みは残ってるが、もうなんともねえ。治っちまった」

男は、頭を掻《か》いて、怒ったことを照れたように笑ってみせた。

「じゃあ、おれも一杯もらおうか」

「おれは、昨夜《ゆうべ》から、腰が痛くてならねえ」

見物客の中から、ひとり、ふたり、三人と前に出てくる者たちがあった。

「急がぬ急がぬ。わしも神水も逃げはせぬ。それへ並べ――」

山伏が言うと、七、八人の男たちが並びはじめた。

「さあさあ――」

そう言っている山伏の左手から、ふいに、瓢簞が抜き取られた。

「これ、本物かい」

瓢簞を、山伏の手から奪ったのは、十歳くらいの子供であった。

色白く、眼がくりくりとしている。

「こら、それを返すのじゃ」

前に出ようとした山伏が、台に身体をぶつけて、台をひっくり返した。

「あれ、これ、中に何か入《へえ》ってらあ――」

瓢簞を振りながら、子供が言う。

子供は、山伏から距離を取りつつ、瓢簞を逆さにした。

中から、水がこぼりこぼりとこぼれ、そのうちに、瓢簞の口から、にょろりにょろりと茶色い、細長いものが一本、二本と出てきて、濡《ぬ》れた地面の上に落ちて、そこでのたくった。

泥鰌《どじょう》であった。

「こりゃあ、泥鰌じゃ。泥鰌が中に入《へえ》ってたんじゃ——」

大きな声をあげた子供の手から、山伏が瓢簞を奪い返していた。

二

本所にあるその家のことを、近所の者は、からくり屋敷と呼んでいた。

屋敷というほど大きくはない。

もともとは、どこかのお店《たな》の主人が隠居するために建てたもので、夫婦ふたりが、使用人ふたりほどを使って、のんびり過ごすことができるていどのものである。

その夫婦ものが亡くなって、どこをどうやって手に入れたのか、十年ほど前から住むようになったのが、堀河吉右衛門《ほりかわきちえもん》という浪人であった。

松の廊下の一件でお家がお取り潰《つぶ》しとなった、赤穂《あこう》の侍であった祖父が浪人して江戸に出て、あちらこちらを転々として、今、その孫である吉右衛門が本所に住んでいる——そういうことであるらしい。らしい、というのはそれが噂《うわさ》だからである。

住んで、ほどなく屋根の上に立ったのは、大きな風車であった。

からりからりと風車が回ると、家の中で、ごとりごとりと音がする。

それで何をやっているのか、近所の者もよくわからない。

「何やら妖《あや》しげなことをやっているのではないか――」

いつも、家にこもっている吉右衛門のことを、そう言う者もいた。

くるくると、畳の上を走り回る、小さな人形を、見せてもらったという者もいた。人形の下に、小さな車がついていて、それが回って人形が走るのである。

水中に沈む船――水中船というものを作ったりした。大川で、その船を浮かべたところ、確かにその船は水に沈んだ。ただ、問題であったのは、その船は、一度水中に沈んだきり、二度と浮きあがらなかったということであった。

そういうことが、何度かあり、近くの者は、その家をからくり屋敷と呼ぶようになったのである。

しかし、近くの者たちは、この堀河吉右衛門を嫌っていたわけではない。

子供に人気があった。

いつの間にか、からくり屋敷に子供が集まるようになって、その子供たちに、吉右衛門が読み書きを教えるようになり、からくり屋敷は寺子屋のようになってしまった。

この吉右衛門、ひょろりと背が高く、どこかひょうひょうとしている。

鼻は、ほろりと長く、垂れた魔羅《まら》のようにも見える。それで小便でもしそうな鼻であった。鼻だけでなく、顔も長いが眼が優しい。この頃の江戸の人間は、象を見たことはないが、その象のような眼をしていた。

何か、いつも妙なことばかりをやっているこの男のことを、子供たちは、いつの頃からか、法螺《ほら》右衛門《えもん》と呼ぶようになっていた。

いつも、法螺《ほら》ばかりふいているから法螺右衛門――

夢のようなことを言う。

「水中船はあれでよい。次は天空船じゃ」

「何じゃ、その天空船というのは」

子供――たとえば、その中でも生意気な甚太郎《じんたろう》などが訊《き》くと、

「天を飛ぶからくりじゃ」

空に浮く雲を見あげながら、吉右衛門が言う。

「天を飛ぶ船なら、天狗船《てんぐ》じゃ」

「天狗船か、それはよい名じゃ。できたらそのからくりを天狗船と呼ぼう。できたらおまえを乗せてやろう」

「だけど、本当にできるのか、天狗船――」

「できる」

「いつ?」

「そのうちじゃ」

「そのうちとはいつじゃ」

「だから、そのうちじゃ」

吉右衛門は、また天を見あげ、雲を眺めてしまう。

空を飛ぶからくりを作る——本気なのか、法螺なのか、どうにもつかみどころがない。

しかし、子供に好かれている。

妙なことまで知っている。

ある時、雨あがりの東の天に虹《にじ》がかかった。

それを皆で眺めていると、

「何故、虹ができるのかのう」

甚太郎がそんなことを言い出した。

「ありゃあ、龍があっちとこっちの虹の端で水を飲んどるという話じゃ」

どこかの漢籍の知識を、どう伝え聞いてきたのか、そんなことを言う子供もいた。

「なんであれが龍なのじゃ」

甚太郎が問う。

「そう聞いたからじゃ」

「誰から聞いた」

「前に、父上がそう言うていた」

「父上は誰から聞いたのじゃ」

「知らん」

　その時、おもむろに、

「待て待て――」

　吉右衛門がふたりを制して、足元に落ちていた棒きれを右手に拾った。

「これを見よ」

　そう言って、吉右衛門は、その棒きれの先で、地に何かを書いた。

　それは、このような図だ。

「何じゃ、これは？」

　さっそく訊いてきたのは、甚太郎である。

「虹の古字《こじ》じゃ」

　言いながら、吉右衛門は、今書いたもののすぐ横に、「虹」という字を書き、

「今は、これこのように虹という字を書くが、昔は、こちらのように書いた」

そう言った。

「双《ふた》つ首の龍じゃ」

ものに聡《さと》い甚太郎が声をあげた。

「その通り。これは、首のふたつある龍が、天より首を伸ばして、ふたつの谷川の水を飲むという意味の字である」

おごそかな声で、吉右衛門は言った。

「昔はな、虹のことは、虹霓《こうげい》と言うた」

吉右衛門が、続ける。

「『窮怪録《きゅうかいろく》』なる書があって、これによれば、北魏《ほくぎ》の正光《せいこう》二年、天より虹霓が下って渓《たに》の水を飲んだということじゃ」

「ほれみろ、虹は、龍が水を飲んどるのじゃ——」

龍のことを言い出した子供が、甚太郎に向かって言った。

「それは字の話じゃ。本当に龍が虹の端で水を飲んどるということにはならんじゃろ」

「そこはまあ、甚太郎の言う通りじゃな」

「なら、あの虹は何じゃ」

「幻じゃ」

吉右衛門は、手に持っていた棒きれを地に落とした。からりと、棒きれが音をたてる。

「幻!?」

「あの虹は、あそこにあるが、実はあそこにない」

「だけど、あそこに見えてるぜ」

甚太郎が、唇を尖《とが》らせる。

「たしかにな、中川の向こう——長島から新ケ堀のあたりに虹がかかっているように見えるが、眺める場所を変えれば、虹はまた別の場所にかかっているように見えるのだ」

「ほんとうかい、法螺右衛門先生——」

「ほんとうじゃ」

「じゃあ、虹ってのは何なんだい」

「あれさ」

吉右衛門は、後方を振りかえり、西に傾きつつある太陽を指差した。

「ありゃあ、お天道《てんとう》さんじゃあねえか」

「そうだ。虹の正体は、あの日の光だな」

「日の光……」

「あれを見よ」

吉右衛門は、再び東に向きなおり、虹の上にある青黒い雲を指差した。

「あの雲がどうしたんだい」

「さっきまで雨を降らせていた雲が、今は、あそこまで東へ動いたのじゃ。だから今、あの雲の下で雨が降っている。その雨に陽《ひ》が当って、反射すると、あのように虹ができるのじゃ」

「ほんとうに？」

「嘘《うそ》ではない。その証拠に、わたしはいつでも虹を作ることができる」

子供たちの間から、

「ええ!?」

という、驚きの声とも、疑いの声ともつかぬ声があがった。

「ならばやって見せてやろう。甚太郎、そこの井戸より水を汲《く》んでまいれ——」

「よっしゃ」

甚太郎は、声と共に走り出していた。

すぐに、桶《おけ》に汲んだ水を入れてもどってきた。

「では、おまえたち、皆、このわたしの横へ並べ。そうじゃ、日を背にして立つのじゃ——」

吉右衛門は、水の入った桶を両手に抱えて立ち、

「見ておれよ」

桶の縁へ口をあて、中の水を口に含んで、
ぷうっ、
と、吹いた。

吉右衛門の口から迸《ほとばし》った水が、霧状になって広がった。

その中に、小さな虹が光った。

「虹じゃ！」

「ほんとうじゃ、虹が見えた！」

「虹が、それそこに！」

子供たちが声をあげる。

虹が消えると、吉右衛門がまた水を含み、ぷうっ、と吹く。

ぷうっ、
ぷうっ、
と吉右衛門が吹くたびに、そこに虹が生まれた。

「おまえたちだって、同じことができる。やってみよ」

吉右衛門に言われて、子供たちが、次々に桶から水を口に含んでは、ぷうっ、ぷうっ、と水を吹く。そのたびに、虹が生じて、子供たちから歓声があがった。

そういうようなことが、おりに触れてあるのである。

ある時などは、様々な数を一枚ずつの紙に書いたものを子供たちに持たせ、吉右衛門からは見えぬようにして、その数を、どれも間違わずにあてたこともある。

「それは、四《し》じゃな」

「それは、七十三《しちじゅうさん》じゃ」

子供たちは、不思議がり、そして悦《よろこ》ぶ。

だから、吉右衛門は、子供に人気があるのである。

吉右衛門は吉右衛門で、子供たちが可愛《かわい》くてならない様子で、しばらく顔を見せない子供がいると、

「次郎松《じろうまつ》はどうした」

様子を子供たちに訊《たず》ねる。

「腹が痛《いて》えって言って、寝とる」

そう言われると、わざわざ次郎松の家まで行って、次郎松の容態を見、何やらの薬を処方して、またやってくる。その薬を、言われたように飲むと、病気がけろりとなおったりする。

だから、その日、甚太郎がいつもより早く顔を出した時、吉右衛門は、

「どうしたのじゃ、その顔は?」

そう言って立ちあがってしまったのである。

確かに、甚太郎の顔は腫《は》れあがっていた。

頬《ほお》の何カ所かが赤く膨らんで、左眼の周囲は青痣《あおあざ》になっている。

「殴られたのじゃ」

甚太郎は言った。

「誰にじゃ」

「山伏じゃ」

「どこの山伏じゃ」

「八幡様の――」

「八幡様って、甚太郎、おまえ、本当に試したのか」

「うん」

甚太郎はうなずいた。

「あちゃあ――」

吉右衛門は、声をあげて、魔羅の先のような鼻の頭を右手で撫《な》でた。

昨日のことだ。

甚太郎がやってきて、

「凄《すげ》えもんを見たぜ」

吉右衛門にそう言うのである。

「何じゃ、その凄えものというのは？」

「山伏じゃ。八幡様で、山伏が瓢簞《ひょうたん》に入れた水を売っとってな、その瓢簞が動くのじゃ」

甚太郎から話を聞いた吉右衛門は、

「そりゃあ、〝滾地葫芦《こんちころ》〟じゃな」

あっさりとそう言った。

「こんちころ？」

「見せ物じゃ。瓢簞おのずと動く術じゃ」

「なんじゃ、それは？」

「瓢簞の中へ、鰻《うなぎ》や泥鰌《どじょう》をあらかじめ入れておく。真言《しんごん》を唱える時に、瓢簞の口から塩を中へ入れる。すると、中の泥鰌があばれる。これが瓢簞が動く仕掛けじゃ。瓢簞を置いて、まずは動かぬように指で押さえておく。指を離せば、瓢簞が動き出すというわけじゃ」

「見たのか？」

「おまえが今日見たものは見てないが、そういうことになっている」

「本当か——」

「疑うのなら、人のおらぬところで、山伏から瓢簞を持たせてもらえばわかる」

「ふうん——」

そういうことが、昨日あったのである。

「瓢簞を逆さにしたら、中から泥鰌が出てきた」

「そこまでやったのか」

「うん」

「見物客の前で？」

「うん」

「そりゃあ、叩《はた》かれるわけじゃ」

吉右衛門が言った時、庭の植えこみの陰から、ぬうっとふたりの男が姿を見せた。

瓢簞を腰にぶら下げた山伏姿の男と、若い男だ。若い方は、あの、神水を飲んで、たちどころに挫《くじ》いた足がなおったと言って喜んだ男である。

「話は聞いた。おまえが法螺右衛門か――」

甚太郎の横に並んで、山伏が言った。

「堀河吉右衛門じゃ、法螺右衛門ではない」

吉右衛門が言った。

「こら、おまえたち、卑怯《ひきょう》だぞ。おいらの後を尾行《つ》けてきやがったな」

甚太郎が、横へ跳んで、ふたりの男から距離をとってから言った。

「てめえが、もっと凄いのがいるって言ったからだよ」

若い男が言った。

「もっと凄い？」

吉右衛門が、甚太郎に眼をやった。

「うん……」

甚太郎が、顎《あご》をこくんと引いてうなずいた。

「どういうことなのだ、甚太郎？」

「叩《はた》かれてくやしかったから、つい言っちまったんだ。うちの先生の方が、もっと凄いって。泥鰌を使って瓢箪を動かしてることくらい、話を聞いただけで、すぐに見破ったんだって。そんなことより、もっと凄いことが、先生ならできるんだぞって……」

「言うたのか？」

「言った」

甚太郎は、うなずいた。

吉右衛門は、頭をぽりぽりと掻《か》きながら、苦い顔をした。

「吐いた唾《つば》は飲み込めねえ」

「てめえのところのガキが言ったなら、てめえが言ったのも同じだ」

ふたりは、交互に言った。

「おれたちゃあ、八幡の神に、場所代払って、あそこで商売《しょうべえ》をさせてもらってるんだ。それを、子供を使って邪魔されたんだ。ただじゃあ、引っこめねえ――」

「鰯《いわし》の頭も信心からと言ってな、信じて飲みゃあ、腹痛、頭痛くれえはおさまったりするんだ。別に、あの水飲んだからって、身体悪くするやつあいねえんだよ」

「薬を売ってるんじゃあねえ。おれたちは、あすこで芸を売って、金をいただいてるんだよ」

ふたりの言い分はもっともなことであった。

「しかし、子供を叩《はた》かぬでも……」

「てめえのせいだろうが」

若い方が、着ているものの裾《すそ》をはしょって生足《なまあし》を出し、凄んでみせた。

「すまぬ、その通りじゃ。このわたしが悪い――」

吉右衛門が頭を下げた。

「高《たけ》えところから、頭を下げたって、聞こえねえよ」

言われた吉右衛門、濡れ縁に出て、そこから素足のまま庭に降りて、

「すまぬ。かんべんしてくれ」

頭を下げた。

「ならねえ。かんべんしてほしかったら、出すもんを出してもらおうか」

「出すもの？」

「金だよ。あすこで、もう三日、四日は商売《しょうべえ》ができたんだ。それが、これでできなくなった。その分のあがりを払ってもらおうか――」

「ごもっとも」

また、吉右衛門が頭を下げる。

「で、いかほどじゃ」

「ざっと二両――」

「二両!?」

「少ないか」

「いや、しかし、それはちょいとお高いのではないか――」

「高い分は、迷惑料じゃ」

この間、吉右衛門と話をしているのは、ほとんどが若い方の男である。

山伏の方は、途中から腕を組んで、じっと話を聞いているだけだ。

「迷惑料?」

「それがいやだというのなら、おまえのできる技を、ここで見せてもらおうか」

若い方が言った。

「おう、それは妙案じゃ」

山伏がそう言って、組んでいた腕をほどいた。

「その凄いという技を、ここで見せてくれぬか。もしも、それが、本当に凄い技であれば、あるいは、そのからくりがこちらで見破れぬようであれば、ここは、おとなしく退《さ》がってやろうじゃねえか――」

「その代わり、種を見破りたれば、黙って二両、こちらに差し出してもらおうか――」

「二両などという金、持ちあわせがない」

　吉右衛門は言った。

　その吉右衛門の足元を、鶏《にわとり》が、こつこつと地面をついばみながら通ってゆく。見れば、何羽かの鶏が、庭のあちこちで地面をついばんでいる。

「金がねえってんなら、そこの鶏でも、家の中のものでも何だっていいんだ。ただじゃあ、帰《けえ》られねえぜ」

「何かひとつ、やってもらおうか」

　若い男と山伏が言った。

「何か見せよというのなら、それはそれでかまわんが……」

　少し思案するかのように、吉右衛門は顎を撫で、

「甚太郎、盆と湯呑《ゆの》みを持ってきてくれぬか――」

　そう言った。

「わかった」

　走り出した甚太郎の背へ、吉右衛門が言う。

「湯呑みに、水を半分ほど入れてくるのだぞ」

すぐに、盆が運ばれてきた。

盆の上に、水が半分ほど入った湯呑みが置かれている。

「そうやって持っておれよ」

吉右衛門は、湯呑みの水を盆にあけ、懐から一枚の紙を取り出し、それを丸めて、空になった湯呑みの中へ入れた。

「これから、貴殿《きでん》らに見せるのは、龍の水吸いという技じゃ」

用意した火口《ほくち》を使って、湯呑みの中に入っている丸めた紙に火を点《つ》けた。紙が燃え出した。

その湯呑みを手に取り、

「さて、今、我《われ》がなしている技は、天より龍神を召喚《しょうかん》する術じゃ」

吉右衛門が言った時、その手から、山伏がひょいと湯呑みを奪い取っていた。

吉右衛門が、あっ、と声をあげる間もなく、

「こうしたいのであろうが――」

山伏は、その湯呑みを、水の入った盆の上に伏せた。

と――

盆の中に入っていた水が、その上に伏せられた湯呑みの中にずずず、と吸い込まれ、きれいに失《な》くなっていた。

「凄《すげ》え――」

盆を持っていた甚太郎が、声をあげた。

「気の利いた放下師《ほうかし》や呪師《のろんじ》なら、めど木屋勘兵衛の『続懺悔袋《ぞくさんげぶくろ》』、『和国たはふれ草』くらいは読んでおる」

山伏が言ったふたつの本の題は、いずれも享保《きょうほう》年間に出版された、手妻《てづま》（奇術）の種あかし本のものである。

紙が燃え、湯呑みの中の酸素が消費されたところで、湯呑みを伏せれば、火が消え、温度が下がり、自然に湯呑みの中の気圧が下がる。そこで、湯呑みの中に水が吸い込まれてゆくという、どこでも誰でも、たやすくやることのできる技である。

「あちゃあ」

頭を掻いた吉右衛門に向かって、

「馬鹿にするなよ」

山伏は、湯呑みを放り投げた。懐のあたりで、吉右衛門は、その湯呑みを両手で受けた。

「やはり、御存知であったか」

吉右衛門は、くったくなく笑った。

この笑みに、山伏たちは明らかにとまどいを見せた。

「笑《わろ》うてごまかすなよ」

若い方の男が言った。

「さあ、二両渡してもらおうか」

山伏は言った。

「二両出すとは言うておらぬ」

吉右衛門は言った。

「技を見せたということは、言うたも同じじゃ——」

「見せてはおらぬ」

「何？」

「わたしが技を見せる前に、そなたが勝手に、今のことをやってしまっただけじゃ」

「技を見破ったということでは同じではないか——」

「そなたがやった技が、わたしがやろうとしていた技と同じとどうしてわかる」

「今、認めたではないか」

「はて——」

「やはり、御存知であったか——そう言うたではないか」

「それは、めど木屋勘兵衛の本を知っていたかという意味であり、わたしのなそうとした術について知っていたかという意味ではない——」

吉右衛門は、あからさまにとぼけている。それなりに筋は通ってはいるものの、さすがに甚太郎も、それが屁理屈《へりくつ》であるとわかっている。

「ならば、おぬしが、ここでやろうとしていた龍の水吸いという技を、あらためて見せてもらおうではないか——」

　山伏の言うことも、筋が通っている。

「それにはおよばぬ」

　吉右衛門の返答は、ややずれている。

「およばぬ？」

「それはそれとして、あらためて、別の技を見せようではないか」

「別の？」

「うむ」

「こちらがそれを見破れば、二両もらうが、それでよいのだな」

「かまわんよ」

　いよいよ、吉右衛門も覚悟を決めたらしい。

「そのかわり、わたしがこれから見せるのと同じことを、貴殿らにもやってもらおう。できねば、貴殿らが、二両ここへ置いていってもらおうか」

「なんだと？」

「この甚太郎がしたことは、叩《はた》かれたことでもう帳消しじゃ。これからのことは、わたしと貴殿らの、ただの技の勝負。それでどうじゃ」

「よし、受けて立とうではないか」

山伏がそう言った。

吉右衛門は、手にしていた湯吞みを盆の上に置き、

「甚太郎、その盆を置いてきて、台所の竈《かまど》の横に置いてある笊《ざる》を持ってきてくれぬか。その中に玉子が入っているはずじゃ」

そう言った。

甚太郎が、笊を抱えてもどってきた。

その笊の中に、十個ほどの玉子が入っている。

「さて、よいかな。貴殿らのどちらでも、その笊に入っている玉子のうち、好きなものをひとつ選んで手に取ってはくれぬか」

言われた山伏と若い男は顔を見合わせた。

「では、おれが――」

山伏が歩み出て、玉子をひとつ手に取り、それを手の中で回し、眺め、匂《にお》いを嗅《か》ぎ、指先で撫でた。その玉子を笊にもどし、別の玉子を手に取って同様のことをした。

「それは、いずれもうで玉子じゃ」

吉右衛門は言った。

匂いといい、軽く振った時の感触といい、間違いなくそれは茹《ゆ》で玉子のようであった。

やがて――

「これじゃ」

山伏はひとつの玉子を選んで、それを吉右衛門に見せた。

「では、その玉子の中身の色をあててもらおうか――」

「中身の色だと？」

「普通は、うで玉子と言えば、殻を剝《む》けば、白い白身が現われ、その中に黄色い黄身が包まれている。その玉子の色をあてるのじゃ――」

「それはつまり、外側が白で、内側が黄色という具合に答えればよいのか――」

「それが答えか」

「いや、答えではない。訊《たず》ねただけじゃ」

「白身が外側で黄身が内側、黄身が外側で白身が内側――そのどちらであるかを答えればよい」

「赤だの、黒だのという答えはないということだな」

「そうじゃ」

「つまり、博打《ばくち》か――」

丁か半か、ふたつにひとつ、そのどちらかを答えればよいということになる。玉子は、すでに山伏の手にある。つまり、山伏が答えたあと、別の玉子にすりかえることはもうできぬということだ。

何も考えずに、どちらか一方を答えれば、確率は半々である。

普通は、外側が白身でその中に黄身がある。だが、それをわざわざ答えさせるというのは、普通ではない答えが用意されていると考えるべきではないか。ならば、黄身が外側で、白身が内側と答えればよいのではないか。

だが、しかし、そういう単純な思考で答えを出してしまってよいのか。これは、わざと、答える側に、外が黄色で中が白と答えさせるための問いではないのか。そもそも、玉子の黄身と白身の位置を入れかえることなどできるのか。

玉子の白身と黄身を混ぜ合わせることはできよう。小さな穴を空け、針を差し込んで、掻きまわせばいい。そうすれば、全体的に白身と黄身の混ざった黄色になるはずだ。しかし、答えは、外が白で中が黄色か、外が黄色で中が白かのふたつにひとつだ。

「政吉《まさきち》あにき、これは、ひっかけじゃあねえんですかい——」

若い方の男が、山伏姿の男に言った。

どうやら山伏姿の男は、政吉というらしい。

「黙ってろ、善助《ぜんすけ》」

山伏が言った。

「へい」

善助と呼ばれた若い男が口をつぐんだ。

山伏は、玉子を手に取り、陽の光の中にかざして、しげしげと見つめた。

きれいな玉子である。どこにも傷はない。少なくとも、殻を破ってするような細工はしていないということだ。さらに言えば、今日、自分がここへやってきたのは、突然のことである。仮に玉子の黄身と白身を入れかえることができたとしても、それをあらかじめやっている暇はなかったはずだ。

そもそも、どのような状況であれ、玉子の黄身と白身を入れかえる方法などあるわけはない。これは、はったりだ。わざと考えさせ、外が黄身で中が白身であると言わせるためのはったりではないか。なまじ、答える側が、手妻の裏の手をあれこれ知っていると、うっかり、そう答えてしまうかもしれないが、そうはいかない。

善助の言った通り、これはひっかけであろう。

こちらは、ただ素直に答えればよいだけのことだ。

「外が白、中が黄色じゃ――」

「ほら」

吉右衛門は、微笑した。

「結局、みんな、そう答えるんだよなあ。とくに、金がかかっているとそうなのだなあ」

間違えたか!?

と、一瞬、山伏の脳裏にそういう考えがよぎる。

「答えをかえる気は、もうないのだな」

吉右衛門はそう訊いてきた。

「かえていいのか」

「いいさ。あとで、何か言われるよりね。答えをかえる気は――」

「ない」

すかさず、山伏は言った。

「二両、金がかかってるぜ」

「ない」

「なら、どうだね。これで分けにする気はないかね」

「分け?」

「勝負なし」

「なに?」

「この玉子を剝いて、もしも外側が黄身で中が白かったら、わたしの勝ちだ。そちらはわたしに二両を払わねばならなくなる。その時になって、払うの払わないのとややこしいことになるよりは、今、ここで玉子を剝かずに分けにしておけば、もめずにすむではないか
――」

「それはつまり、おれが負けたということか?」

「そうだ」

「黄身が外側で、白身が中だと?」

「ああ」

「かまわねえよ。そんなに言うんなら、今、ここで玉子を剝いてみようじゃあねえか」

山伏は、白い歯を見せて笑った。

自分の勝ちを確信した顔であった。

山伏は、玉子を腰の瓢箪にぶつけて、殻を剝き始めた。

はらり、はらりと殻が地に落ちて、中身が見えた時——

「これは!?」

山伏は、玉子を剝く手を止めて、声をあげていた。

殻の下から、黄色い玉子の地肌が見えていたからである。

殻を剝き終えた。

山伏の手の中にあったのは、まるまると黄色い茹で玉子であった。

「む、むうう……」

山伏が唸《うな》った。

若い男——善助は、声も出せずその黄色い玉子を見つめていた。

「法螺右衛門、すげえ……」

　甚太郎が称賛の声をあげた。

「わたしの勝ちだね」

　吉右衛門が言った。

「む……」

「黄身返しの術、お見せした通りじゃ――」

「ま、待て――」

　山伏は、手に持った玉子にかぶりついた。

　玉子の半分が、山伏の口の中に消えた。山伏の歯が齧《かじ》り取っていった玉子の断面――その中央に覗《のぞ》いていたのは、まぎれもない丸い白い色であった。

　その玉子は、みごとに、黄身と白身の位置が逆転していたのである。

「ま、まさか。このようなことが……」

　山伏は、手の中の玉子を見つめて唸《うな》っている。

「さあ、では、二両、いただきましょう」

「に、二両だと?」

「そういうお約束でござりますので――」

「な、なに!?」

「あ、まさか、おとぼけになられるおつもりかな――」

「な、な……」

呻《うめ》いていた男は、いきなり残った玉子を口の中に放り込み、それを全部食べてしまった。

「はて、何のことじゃ。外が黄色で、中が白い玉子など、この世にあるわけはなかろう」

山伏は言った。

「ないない、そのような玉子はどこにもない――」

山伏は、声を大きくして言った。

「そこな小僧の無礼は、許してやろう。今日は、これで退散じゃ、善助――」

「へ、へえ」

善助がうなずいた。

「では、失礼する」

山伏と善助は、そそくさと庭から外へ出て去っていった。

「これで、おさまったか」

吉右衛門は言った。

その足元で、鶏が、玉子の殻をついばんでいた。

巻の二　辻斬り

一

辻斬《つじぎ》りが、出るというのである。

奇妙な辻斬りであった。

しかし、正確には、辻斬りではない。斬らないからだ。斬らない辻斬りが、夜になると出るというのである。夜、道を歩いていると、その辻斬りが声をかけてくるというのである。

場所は、両国橋である。

噂《うわさ》によれば、一番はじめにその辻斬りが出たのは、ひと月ほど前のことだという。あるいは、もっと以前から出没していたのかもしれないが、人の口の端《は》にのぼるようになったのが、ちょうど、その頃であったというのである。

知られる限りでは、最初にその辻斬りから声をかけられたのは、神田にある東屋《あずまや》という呉服屋の番頭であった。

もともとの主人が、店を息子に譲り、隠居して深川に住んでいる。そこへ、届けものがあって、夜、番頭の佐吉《さきち》が手代の長介《ちょうすけ》に提灯《ちょうちん》を持たせ、深川まで出かけていったというのである。

四ツ——亥刻《いのこく》あたりであり、天では、月が、せわしく雲の中から出たり入ったりを繰り返していた。月が雲から出れば、提灯なしでも充分歩けたが、雲の中に入ってしまうと、提灯なしでは足元がおぼつかなくなる。

両国橋にさしかかって、中ほどまで渡ったかと思えた頃、向こうから人が渡ってきたというのである。橋の中央を、ゆるりゆるりと、ひとりの人物がこちらへ向かって歩いてくる。

武士のようであった。ぼろぼろの野袴《のばかま》を穿《は》き、編笠《あみがさ》を被《かぶ》っていた。顔は見えないが、やや背が前かがみに曲がり、踏み出してくる足もゆっくりとしている。

武士が、途中で足を止めた。立ち止まって、凝《じ》っと編笠の奥からこちらの様子をうかがっているようである。

不気味であった。

佐吉は、ひき返そうかとも思ったのだが、橋の端にできるだけ寄って、その武士の左側を通り過ぎようとした。

そこで、

「おい」

声をかけられた。

走って逃げたかったのだが、声に、たまらない威圧感があって、佐吉も長介も思わず足を止めてしまった。

「な、なんでございましょう」

佐吉が言うと、

「やらぬか」

武士が、低い、底にこもった声で言う。

「や、やる?」

「これじゃ」

武士は、左手で、刀の柄《つか》を軽く叩《たた》いた。

「勝負である」

左手が、鞘《さや》を握った。

「と、と、とんでもございませぬ。できませぬ――」

「そうか、できぬか」

武士が、こちらの様子をうかがっている気配が伝わってくる。佐吉は、生きた心地もしない。わっと叫んで走り出したかった。身体が震えた。

「去《い》ね」

武士が言った。

その言葉で、ようやく身体が動いた。

歩いている間中、いつ背に斬りつけられるかとびくびくしながら橋を渡りきり、後方を振り返ると、もう、橋の上に武士の姿はなかったという。

そういうことが、五日おきくらいにあったというのである。

夜、誰《たれ》かが両国橋を渡ってゆくと、向こうから件《くだん》の武士が歩いてくる。

「やらぬか」

武士がそう声をかける。

「やらぬ」

と言えば、

「去ね」

と武士が言う。

それだけのことと言えば、それだけのことなのだが、武士はみさかいがない。橋を渡ってくるのが、町人であれ、老人であれ、声をかけてくるのである。

もちろん、やる、と答える者はない。

「やらぬ」

と言えば、黙って橋を通してくれる。

やる、と答えたら、どうなるのか。

「そりゃあ、斬られていたろう」

というのが、この武士に声をかけられた者の共通した意見であった。

辻斬りだろうが、しかしその前にちゃんとことわりを入れるところが妙だ——という人間もいた。

それで、斬らずの辻斬りという名がついた。

「ただの腕試しではないか」

「腕試しにしては、町人や老人、女にまで声をかけてくるのが奇妙ではないか」

「まるで、京の五条大橋で、刀を千本集めようとした武蔵坊弁慶のようじゃ」

「いずれにしても、頭のおかしいやつであろう」

少なくとも、噂ではまだ、どこかの武士が、この斬らずの辻斬りと出会ったという話は耳にしない。実際に出会ってないのか、出会ってもそれを口にしないのか。

「強そうなお方が来て、おう、やろうと言えば、案外逃げ出してゆくのではないか」

勝手な噂が江戸に広まったが、その結果が出たのが、この噂が出はじめて、およそ一カ月後のことであった。

早朝――

木名瀬《きなせ》平十郎《へいじゅうろう》という武士が、斬殺《ざんさつ》屍体《したい》となって、両国橋の上に転がっているのが発見されたのである。

神田にある無外《むがい》流《りゅう》道場の門人であった。

屍体を発見したのは、同じ道場の門人である、市川《いちかわ》四郎太《しろうた》、上村《うえむら》浩右衛門《こうえもん》のふたりである。

三人は、はじめ、市川宅で酒を飲んでいた。

そのうちに、斬らずの辻斬りの話となり、

「おれの前に出てきたら、こらしめてやるのだが――」

腕に覚えのある木名瀬平十郎が言い出した。

「ならば、今、行ってみたらどうじゃ」

「おう、そうじゃ、行ってみよ」

市川四郎太、上村浩右衛門がそう言い出した。

「なれば、酔い醒《ざ》ましにゆくか」

そう言って、木名瀬平十郎が、市川宅を出ていったというのである。

「おれたちも一緒にゆく」

というのを、木名瀬平十郎が断った。

「胆試《きもだめ》しじゃ。それに、三人で行ったら、向こうがおそれて出て来ぬかもしれぬ」

木名瀬平十郎は、独りで出かけていった。

間違いなく行ったという証拠に、

「橋の向こうまで渡って、木、市、上の文字を、そこへ刻んでこよう」

と木名瀬平十郎は言った。

ふたりは、飲んで待ったが、木名瀬平十郎がもどってくる気配がない。かといって、様子を見に行って、もどってくる木名瀬平十郎と出会い、

「いらぬせっかいじゃ」

そう言われるのも、互いによい気分ではない。

しかし、明け方近くになっても、まだ木名瀬平十郎はもどってこなかった。さすがに心配になり、市川四郎太、上村浩右衛門のふたりが様子を見に行って、橋の上に木名瀬平十郎の屍体を発見したというのである。

木名瀬平十郎は、脳天から胸まで、頭部と胴をふたつに断ち割られていた。

鎖骨から肋《あばら》四本までが斬られていた。

木名瀬平十郎は、それでも自分の剣の柄を握り、刀身を三分の一ほどまで抜きかけていたという。

斬られたのは正面から、しかも、刀を抜きかけていることから、いきなり、襲いかかられたのではないと推察できる。橋の上であり、どこにも身を隠すような場所はない。さらに言えば、木名瀬平十郎は、斬らずの辻斬りが出るというのを承知していたのであり、場合によっては刃を交えるつもりであったから、ふい打ちということでもなかろう。

斬らずの辻斬りは、おそるべき手練《てだ》れということになる。

二

「で、ゆくことになったのか」

そう言ったのは、堀河吉右衛門であった。

「しかたありません」

静かに顎《あご》を引いてうなずいたのは、病葉十三《わくらばじゅうぞう》である。

本所にある吉右衛門の家の、八畳間であった。

あちこちに、何の図が描いてあるのやらわからぬ反古《ほご》が散らかり、遠眼鏡《とおめがね》だの、定規だの、ぶんまわしだのが転がっていて、文机《ふづくえ》の横には、地球儀も置かれている。

床の間には、取っ手のついた箱、〝忝れきてる〟も置かれていた。

開け放たれた障子の向こうに、昼の陽《ひ》のあたる庭があり、小さいながら、藤棚があり、そこに紫の藤の花が、いく房も重そうに垂れている。藤の甘い匂《にお》いが、その八畳間まで風に運ばれてくる。

胡座《あぐら》をかいた吉右衛門の脚の間で、黒い猫が丸くなって眠っている。

「いつ、ゆく？」

「今夜にでも――」

十三は言った。

三十歳を越えているが、見た目は二十歳《はたち》ほどにしか見えない。

鼻筋が通っていて、唇が薄い。眼は切れ長で、左右の眼尻《めじり》が、いずれも蟀谷《こめかみ》に向かって刃物で裂いたように跳ねあがっている。

無駄な肉が、身体のどこにもない。頬肉《ほお》が、刃で落としたように削《そ》げている。肌の白さは、女のようであった。闇《やみ》の中に立ち気配を殺せば白面の幽鬼のようである。

「両国橋へ？」

「はい」

吉右衛門も、このところの斬らずの辻斬りの話は耳にしている。二日前の朝に、はじめて人が斬られたということも、昨日、駆け込んできた甚太郎から聴かされた。

しかし、そこへ、病葉十三が出かけてゆくことになるとは――

「一心斎《いっしんさい》殿、決めたら変えませせぬ」

十三は、言った。

一心斎というのは、梅川《うめかわ》一心斎のことで、無外流の目録を持っている。無外流神田道場随一の使い手であった。

吉右衛門も、一度だけ、会ったことがある。

十三が、ここへ一心斎を連れてきたことがあったのだ。

もの腰柔らかく、言葉が丁寧《ていねい》で、少しも武張《ぶば》ったところがない。

吉右衛門の寺子屋——手習い塾に来ている子供たちもすぐになついた。

「やめとけやめとけ、面倒なことになるだけじゃ」

吉右衛門は、猫の喉《のど》を、右手のひと差し指でくすぐりながら言った。その喉のところに小さな雷が潜んでいるかのように、ごろごろと鳴っている。

「一心斎殿に頼まれました。断れませぬ」

一心斎は、十三の剣友である。

十三より、ふたつほど齢上《としうえ》で、十代の頃、共に小野派一刀流を学んでいる。長じて無外流の門下に入って、二十代でその目録を手にした。

得意とするのは居合であり、抜き身の白刃《しらは》を上段に構えた相手と向きあい、自身は鞘に納めた剣を持ち、同時に動いて先に相手の胴に刃を当てることができる。互いに真剣で相《あい》対《たい》し、相手の身体に刃が触れる寸前で剣を止めるのだが、これが、速い。

速いばかりでなく、膂力《りょりょく》もあった。

柔《やわら》の稽古《けいこ》では、身体を二人に押さえさせておいて、これを力ではねのける。

「技を使えば、四人に押さえられてもだいじょうぶじゃ」

という。

吉右衛門も、その技を見たことがある。吉右衛門のところへやってきた時、一心斎は、一枚の紙を懐から出し、それを軽く振って、指ほども太い梅の枝を切って落とした。その切り口は、折ったのではなく、まさしく刃物で切ったのと同じものであった。

しかも、それを活《い》けて飾っておいたのだが、その梅の枝だけ、同じ日に刃物で切った別の枝よりも七日以上も長く花を咲かせていたのである。

「あの男が紙一枚持つ方が、並の人間が剣を持つよりおそろしい」

紙を、無造作に振るだけで、ぴゅう、という風を切る音がする。

この一心斎が、両国橋へゆく、というのである。

道場に通う門人のひとりが斬られた。これは、そのままにしておけることではない。道場として放っておいては、流名に傷がつく。

「わたしも参ります」

「わたしも」

十名をこえる者たちが、一心斎と共にゆくと言い出した。

その中には、市川四郎太、上村浩右衛門も入っている。

これを、一心斎が押しとどめ、

「ひとりでゆく」

そう言ったのである。

「人数を頼んで相手を斬ったとあれば、やはり名に傷がつく。自分は、尋常の立ち合いをしにゆくだけじゃ」

道場生が何人もゆけば、死ぬ者も出るかもしれぬ。勝ったとて名誉のことではない。噂によれば、勝負を断った者に、相手は斬りつけてはこないのだ。

「しかし、誰か人を――」

「無外流とは、関わりのない者に、立ち会い人を頼むつもりじゃ」

一心斎は言った。

その関わりのない者が、病葉十三であったのである。

「助太刀は無用じゃ」

十三は、一心斎にそう言われている。

「町方にまかせればよいではないか」

吉右衛門は言った。

「そういう考え方はできぬのか」

「できぬようで……」

十三は言った。

十三自身ができぬのではない。一心斎にそういう考え方がないということだ。町方が出てくる前に、自身が始末をつける——一心斎はそういう覚悟だというのである。ぐずぐずしていると、町方が出てきてしまう。

「だから、今夜なのです」

十三は、抑揚を殺した声で言った。

言葉そのものはしっかりしているが、声そのものは、枯れた樹《き》の空《うろ》を吹く風のようであった。

「わかった」

吉右衛門はうなずき、

「おれもゆこう」

そう言った。

「あなたも？」

「見物じゃ」

三

天の中ほどに月があった。

満月ではない、歪《いびつ》な赤みを帯びた月であった。明るさは十分ではないが、しかし、灯《あか》りがなくとも歩くのに不自由はない。

もう、行く先に両国橋が見えている。

吉右衛門と十三は、まだ明るいうちに、神田の道場に顔を出し、立ち会い人としての挨《あい》拶《さつ》をすませ、夜になってから、一心斎と三人で道場を出たのである。

つまり、両国橋を、西から東に向かって渡ることになる。

「いかなることがあろうと、手出しは無用——」

出る前に、一心斎はそう言った。

「むこうが、二人、三人であっても?」

吉右衛門が訊《たず》ねると、

「然《しか》り」

迷うことなく返事がかえってきた。

「たとえ相手が、弓、鉄砲を用意していたとしても?」

「むろん」
一心斎の言葉は短い。
「御両人の役目は、試合の行方を見届けること、それだけでござる。自らの生命《いのち》が危うい
とお思いになられたら、迷わずお逃げいただきたい。たとえ、わたしが斬られてまだ息が
あったとしても、気にすることはござらぬ」
「むこうが襲ってきたら？」
「臨機応変、自在に御判断なさるるがよろしかろう」
道場を出る前に、このような話をすませていたのである。もっとも、話をしたのは、も
っぱら吉右衛門であり、十三は、ただ黙ってふたりの話を聴いていただけである。
ともあれ、今、三人は両国橋にさしかかろうとしていた。
さすがに、この時刻に橋を渡る者はどこにもいない。すでに、ここで惨殺された屍体が
発見されたことは、誰もが聴き及んでいるのであろう。三人は、いったん橋の手前で足を
止め、闇の向こうをうかがった。
橋が、月明りに照らされて、まるで水底に掛けられたもののように見えている。
人の気配はない。
一心斎は、そこで、ひと呼吸、ふた呼吸して気息を整え、前をひと睨《にら》みした。
「ゆこう」

一心斎が、足を踏み出した。

その後に、吉右衛門と十三が続く。

橋の中ほどまで来て、一心斎が足を止めた。

後方を歩いていた吉右衛門と十三も足を止める。

「何かいる……」

一心斎が言った。

誰か、と言わずに、一心斎は何か、という言い方をした。

「うむ」

十三が、低い声でうなずいた。

「何かって?」

吉右衛門が訊ねる。

「何かじゃ……」

一心斎ではなく、十三が答えた。

「人でないのか?」

「化生《けしょう》のものじゃ」

十三が言う。

その声が張りつめている。十三の口調までが変化していた。

すでに、一心斎は、左手で鞘を握り、腰を浅く落としている。一心斎が見ているのは、橋の向こうの暗がりである。

「おれにはわからぬ」

吉右衛門は正直に言った。

剣の修行に歳月を重ねて、ある域に達した者だけが感じとれる何かを、ふたりは感じとっているのであろう。

橋の向こうの闇に、ゆらり、と影が揺れた。

「あれか」

吉右衛門は言ったが、ふたりは答えない。

その影がゆっくりと、その色を濃くしてゆくのは、橋に近づいてきているかららしい。

橋の上に、影の姿が現われた。編笠に、ぼろぼろの黒い野袴《のばかま》——話に聞いていた通りの武士である。

ゆるい風のように、ゆるゆるとその武士の姿が近づいてくる。極めて速度の遅い黒い風のようであった。どれほども足を動かしているとは思えぬのに、武士の姿は橋の中央へと近づいてくるのである。

思わず、後方に退がりたくなるような、不気味な威圧感があった。

風を、止められるであろうか。

風が止められぬように、ただ近づいてくるだけのその武士の動きを止めようがない。

その威圧感に、一心斎は耐えた。

「むん……」

喉の奥で、一心斎が低く声をあげると、一心斎の肉の中に、熱気に似たものがじわりと膨れあがった。自身の気の内圧を高めて、近づいてくる武士の圧力に対抗しようとしたのである。

しかし、近づいてくる武士の速度は同じであった。

吉右衛門の眼には、橋の向こうから吹いてくる同じ速度の微風に、武士の身体が乗っているとしか見えない。

「くむう」

一心斎が、肉の内圧をさらにあげた。

一心斎の身体が、火球と変じたように温度をあげた。

「十三、さすがにこれは、おれにもわかるぜ――」

吉右衛門にも、一心斎の肉の裡《うち》に生じ、高まりつつあるものが感じとれるのであろう。

武士の姿より、その一心斎の様子から、吉右衛門は、今、ただならぬものが近づいてきつつあるということを理解したらしい。

十三と吉右衛門から離れるように、一心斎は、二歩、三歩、前に出て、腰を落とした。

近づいてくるものが、一心斎がその様子に見せている通りのものであるなら、おそろしいまでの胆力と言えた。近づいてくる巨大な虎の前に立つようなものであったからだ。

一心斎の前で、武士が足を止めた。

剣を学んでない者の眼には、ふたりの姿が近づきすぎているように見えたことであろう。

しかし、まだ剣の届く距離ではない。

まだ、間合の外だ。

いずれかが半歩踏み込めば、間合に入る。

武士は、ただ両腕を下げているだけだ。

腰を落としてもいなければ、滾《たぎ》るものを、その肉の裡に溢《あふ》れさせているわけでもない。

人の姿をした木像のように、ただそこに立っている。

「ようやっと、斬るに足る者が現われたなあ……」

武士がつぶやいた。

「やるか」

武士の問いに、

「無外流梅川一心斎」

一心斎が、名を告げた。

鯉口《こいぐち》を切っている。

「新免武蔵《しんめんむさし》」

武士がその名を告げた瞬間――

「ちぇえええええええっ!!」

一心斎の鞘から、白い光が月光の中に疾《はし》り出て、武士の喉元に襲いかかっていた。

凄《すさ》まじいまでの速さであった。

武士の喉が、ざくりと横に断ち割られた――そう見えた。

しかし、一心斎の抜き放った白刃の切先《きっさき》は空を切り、宙に疾り抜けていた。

武士は、ほとんど身体も頭部も動かしていない。わざと、一心斎がはずしたとしか思えなかった。

一心斎の動きが、眼にも止まらぬものであったのに比べ、次の武士の動きは、むしろゆっくりしているようにさえ見えた。

腰から、ぬらり、と剣を抜き、その剣を上に持ちあげて上段に構えた。抜き放ちざまに斬りかかる方が、拍子ひとつ早いはずなのに、新免武蔵と名のったその武士はそうしなかったのである。

上段に構えてから、武士はその剣を無造作に打ち下ろした。

「むん」

武士は、剣を、真上から一心斎の頭部に向かって斬り下げたのである。

一心斎は、身体を動かして、それをかわすということができなかった。

受けた。

真上から落ちてくる武士の豪剣を、自分の刀で受けたのである。両手に握った剣を持ちあげ、額の上で剣を横にして頭部を武士の刃から守ろうとした。

ぎがっ!!

という、金属と金属のぶつかる音がした。

同時に、金属が何か硬いものの中に潜り込むような音。

奇妙なことがおこった。

一心斎が、握っていた剣から両手を離し、そこで、踊りはじめたのである。

足をがくがくとさせ、両手を振って、首を左右に揺すった。

しかし、驚いたことに、一心斎の額にくっついたまま、刀が落ちてこないのだ。

ふいに、踊りをやめて、一心斎は橋の上に仰《あお》向《む》けに倒れた。

全身が、びくびくと震えている。

さっきの踊りのように見えていた動きは、一心斎が身体を痙攣《けいれん》させていたのである。

一心斎が、動かなくなった。

一心斎は、仰向けになって、両眼を開き、天の月を睨《にら》んだまま、絶命していた。その開かれた眼《まなこ》の上——額に、一心斎がさっきまで手にしていた刀の峰が、刀の幅の半分以上も埋まっていた。

落ちてくる武士の剣の一撃を額の上で受けた時、その力と重さがあまりに強大であったため、受けた刀の峰が額に当たり、頭蓋骨《ずがいこつ》を割って、頭の中に潜り込んでいたのである。

十三は、半歩、一心斎に駆け寄ったところで足を止めていた。

新免武蔵と名のった武士が、動いた十三を、編笠の奥から睨んだからである。ぎろりと動く眼球こそ見えなかったが、十三は、新免武蔵が自分を見たのを、はっきり感じとることができた。

武蔵は、また、だらりと両腕を身体の両脇に下げている。心もち、首が前に出、やや前かがみに立っており、その右手には抜き身の剣が握られていた。

青いかげろうのような妖気が、その姿から立ち昇っているようであった。

吸い寄せられるようなたたずまいであった。

「やるか……」

武蔵がつぶやいた。

十三が、返事をするため、口を開きかけたその時——

「やらんよ」

前に出てきてそう言ったのは、吉右衛門であった。

「やらねえやらねえ」

吉右衛門は、首を左右に振った。

「俺《おい》らたちゃあ、立ち会い人だ。結果を見届けるだけの人間だ。やらねえよ」

「そうか」

つぶやいて、武蔵は剣を鞘に納め、

「よい晩であった」

そのまま、無防備な背を、吉右衛門と十三に向けていた。

半歩踏み込んでひと太刀あびせれば、十三の剣が届く距離であった。

しかし、十三は、それをしなかった。

いや、できなかった。

武蔵の姿が橋の向こうに消えた時、ようやく十三は止めていた息を吐いた。

喘《あえ》ぐように、肩で息をした。

「吉右衛門さん……」

荒い呼吸と共に、十三は言った。

「なんだい」

「よく止めてくれました。止めてくれなかったら、わたしは、あれに斬りかかっていたでしょう」

「だろうな」

「わたしの気魂《きこん》がそのまま吸い込まれそうでした。あの世か地獄に入口の穴があるのなら、その穴がそのまんま、人のかたちをしたようなもの
でした。やっていたら、その穴の中に吸い込まれていたでしょう――」

「その穴に、転げ落ちねえようにするために、俺《おい》らは来たのさ。なんだか、危なっかしそうな話だったんでね、何かあったら、おぬしの襟首《えりくび》つかんで、こっちへ引きもどすのが、俺《おい》らの役目だろうと思ってね」

「いらぬ世話と言いたいところですが、礼を言わせていただきます」

「しかし、死んじまった」

吉右衛門は、一心斎の屍体を見下ろしながら言った。

「わたしは、やります」

「やる？」

「あの、武蔵というやつと、もう一度やらねばなりません」

「敵討《かたきう》ちかい」

「そうではありません。自身のためです」

「しかし、新免武蔵と名のったが、それがあの宮本武蔵だというんなら、百年以上も前に死んでるはずだろう」

吉右衛門は言った。

「どちらでもよいのです……」

己《おのれ》の内部の覚悟を確認するように、十三はつぶやいていた。

四

それから、二日後の晩に、斬る辻斬りとなった新免武蔵が、また姿を現わした。

今度は、待っていた町方や捕り方が、橋の上で武蔵を囲んだ。

その町方や捕り方を、武蔵はあっというまに斬り伏せた。

武蔵の剣が一閃《いっせん》するたびに、捕り方が倒れてゆくのである。

ついに、残りが数名となった時、そこへ、どこからか、顔を隠した黒い影が姿を現わしたというのである。

「ここにござったか、武蔵殿——」

その黒い影は、そう言いながら武蔵に近づいてきた。

「我らは、我らの棲《す》み家へ帰るべし……」

剣を持っている武蔵の肩を、ぽん、と叩いた。

それで、捕り方たちの囲む中で、武蔵が剣を鞘に納めたというのである。

信じられないことであった。

「何者だ。おまえも武蔵の仲間か?」

捕り方が訊ねると、

「仲間ではない。そのようなものではあるかもしれぬがな」

黒い影は、そう答えた。

黒い影が、武蔵と共にゆこうとすると、

「おい、待て——」

捕り方のひとりが、黒い影の背に触れた。

その途端、雷にでも当てられたように、その捕り方は、わっと言って、そこに倒れ伏した。

残った捕り方や町方たちがあっけにとられている中、武蔵と黒い影は、悠々とその場から姿を消してしまったというのである。

巻の三　悟空

一

「できましたよ」

と言って、千代《ちよ》が持ってきたのは、にぎり飯と茶であった。

盆に載せて運んできた、にぎり飯がみっつ並んだ皿を、文机《ふづくえ》に向かって座している吉右衛門の左横にある膳《ぜん》の上に置いた。その横に、茶の入った湯呑《ゆの》みを置く。

「お、気が利くじゃあねえか」

膳をちらっと見やった吉右衛門が嬉《うれ》しそうにはずんだのは、にぎり飯の載った皿に、たくあん五きれと、めざしの焼いたものが載っていたからである。

さっきから、めざしを焼く匂《にお》いがしていたから、出てくるだろうと承知はしていたものの、実際にそれが出てくれば、やはり嬉《うれ》しい。いつもは、たくあんか、漬けたナスだけで、焼き魚が添えられることは、そうあることではない。

頭の上からは、からり、からりという音が絶え間なく聴こえてくる。屋根に取りつけられた風車の回る音だ。

筆を持った右手を動かしながら、吉右衛門は左手をにぎり飯に伸ばし、それを摑《つか》んで口に運ぶ。

「今日は何をお描きになってるんです?」

千代が訊《たず》ねた。

千代は、一度嫁《か》してもどってきた女で、口入れ屋〝てごろ屋〟の主人長兵衛《ちょうべえ》の娘だ。今年で二十四歳になる。一年半ほど前、吉右衛門が、長兵衛の病を治してやった時から、時おり吉右衛門のからくり屋敷へ顔を出しては、あれこれ身の回りの世話をやいてくれるのである。

「地面の底から、水を抜いて、外へ流すからくりの図面だよう」

「井戸のこと?」

「井戸じゃあねえ。鉱山《やま》だ。鉱山を掘って出てくる水を、外へ流さにゃならねえんだが、こいつがなかなか、やっかいなのだ」

「平賀様のお仕事でしょう」

「よくわかったな」

「さっき、そこですれ違いました。手に、これくらいの箱のようなものを風呂敷に包んで持っていらっしゃいました」

千代が、吉右衛門の屋敷に入ろうとした時、ちょうど、外へ出ようとしていた男と出会って挨拶《あいさつ》を交している。

茶筅髷《ちゃせんまげ》で、心もち顎《あご》がしゃくれた、四十五、六歳と見える男――

「そうか、源内《げんない》殿と会ったか――」

ふたりの会話にあがっているのは、平賀源内のことである。

「昨年、源内殿が長崎から持ち帰って来られたゑれきてるを預かっていたのだが、その修《しゅ》理《り》がすんだのでな、取りにこられたのじゃ」

「では、平賀様の抱えていたあれが――」

「ゑれきてるじゃ」

「ゑれきてる？」

「何と言おうかな――和蘭陀《オランダ》渡りのからくりで、小さな雷を作るものだな」

「雷？」

「雷じゃ」

そこから先は、もう説明しようがないといった顔で、吉右衛門は言った。

しゃべりながら食べているのだが、それでも、もう、ひとつめのにぎり飯を食べ終えてしまった。

「水というのは？」

「今、源内殿は、秩父《ちちぶ》中津川で鉱山を掘っておられるのだが、水脈にあたってしまってな。湧《わ》いてくる水を外へ運び出さねば、これ以上先へ掘ることがかなわぬのさ。源内殿にこれを相談されてな。風車と水車を使って、これがなんとかならぬかと工夫しているところなのだ――」

いったん、吉右衛門は湯呑みに手を伸ばして茶を飲んだ。

「本当なら、現場へ出かけてきちんと調べてからのことなのだが、なあに、簡単な図面を描いておけば、源内殿ならすぐに原理はわかるであろうから、あとは現場で応用できよう」

言いながら、吉右衛門はめざしをつまみ、それを頭から齧《かじ》っている。

「平賀様には、いろいろとお世話になっているのでしょう？」

「あちこちに顔が利く。去年老中となられた田沼様とも懇意じゃ。いろいろ、ものも融通してもろうておる」

吉右衛門は、手に残っていためざしの尾を、口の中に放り込みながら言った。

吉右衛門の言った通り、平賀源内からは、あれこれと全国から物産が届くようにしてもらっている。

源内が長崎に行ったおりにも、途中源内が見つけた備後鞆之津《びんごとものつ》の陶土《とうど》を送ってもらっているし、鉄、銅、錫《すず》などの金属も、源内の顔で安く手に入れている。源内の本質は鉱山師《やまし》であり、全国の鉱山に顔が利く。

火浣布《かかんぷ》という、石綿から織った燃えぬ布も源内から手に入れて、吉右衛門がこれを改良している。

銅や鉄は、治兵衛《じへえ》という腕のいい鍛冶屋《かじや》に渡して、大小の鉄の板、銅の棒、釘《くぎ》、線などを作ってもらっている。曲げたり、伸ばしたり、発条《ぜんまい》状にしたり、治兵衛は、吉右衛門の注文するものを巧みに作ることができた。

それを使って、吉右衛門はからくりを工夫するのである。

「それで、おかしなものばかり作っているんだから――」

「おかしなものではない」

ふたつめのにぎり飯に手を伸ばしながら、吉右衛門は言った。

「ふた月前、お雪ちゃんと一緒に見せてもらった、猿のお人形があったでしょう」

「うむ」

吉右衛門は、にぎり飯にかぶりつきながらうなずいた。

お雪というのは、浅草にある鼈甲《べっこう》屋の岡田屋のひとり娘だ。

ふた月ほど前、千代がここへ連れてきた。

十七歳であったか、十八歳であったか、ころころとよく笑う可愛《かわい》い娘であった。千代が教えている三味線を習いに来ているうちに仲良くなって、千代から吉右衛門の噂《うわさ》を耳にして、これをおもしろがり、遊びにやってきたのである。その時は、眼つきのぬめりとした手代の宗吉《そうきち》というのが一緒についてきたはずだ。

「わたしはあれが好き――」

「茶運び猿の一兵衛《いちべえ》か――」

「そう」

茶運び猿の一兵衛というのは、吉右衛門が作ったからくり人形である。

一尺足らずの大きさで、上下《かみしも》を着て、両手で盆を捧《ささ》げ持っている。

そこへ茶の入った湯呑みを置いてやると、二本の足を交互に前に出しながら歩き出す。

かたり、
ことり、
と音をたてながら、肩と首を左右に振りながら歩くのだが、盆を持った両手はどういうわけか揺れないので、茶がこぼれることがない。

この歩く様がおもしろいと言って、眼に涙を滲《にじ》ませて笑ったのがお雪である。

「一兵衛は、今、どこにいるの？」

「ここじゃ」

文机の右側に落ちていた反古《ほご》を吉右衛門がのけると、そこから、一兵衛が現われた。

「そんなところに——」

千代は、そちらへ歩み寄って、一兵衛を手に取った。

「聴いてなかったけど、これ、どうして一兵衛っていうの？」

「最初に作った茶運び猿だから、一兵衛じゃ——」

「二番目に作ったら、二兵衛？」

「そういうことじゃ」

「二兵衛は作ったの？」

「いいや」

「ならば、近いうちに二兵衛を作ることになりそうね」

「何のことじゃ」

「お雪ちゃん、ふた月後に、日本橋の俵屋《たわらや》さんにお輿入《こしい》れが決まったって——」

「へえ、そりゃあめでてえ」

吉右衛門は、左手の親指にくっついていた飯粒を舐《な》め取り、茶を啜《すす》った。

「で、岡田屋さんに、おねだりしたんだそうよ」

「何を？」

「堀河吉右衛門様の作るからくり人形、茶運び猿の一兵衛が欲しいって——」

「そういうことか」

「そのうちに、岡田屋さんからお話がくるはずよ」

「しかし、お千代、おれは同じものをふたつ作るなあ、気が進まねえ」

「作ってあげればいいじゃない」

「だがよ、同じものってなあ、もうできることがわかってるし、どんな風に動くかもわかってる。おもしろみがねえよ」

「けち」

「けちというのとは違う」

「けちはけちじゃない」

「別のを作ろうじゃあねえか。猿が逆立ちして茶を運んでゆく、茶運び猿の一之進でもいいし、池を泳いでゆく鯉《こい》のからくりに茶を載せるんだっていい。どうしても一兵衛がいいってんなら、そいつを持っていってもらう――」

「え、今言ったの全部できるの？」

「できるさ。頭ん中にゃあちゃんとからくりの図が描いてある」

「なら、あたしに一之進を作ってちょうだい」

「どこかに嫁に行くのが決まったらな」

残ったためざしに手を伸ばしながら、吉右衛門が言うと、

「ばか」

千代が、左手に一兵衛を抱え、右手を上に持ちあげて、吉右衛門を叩《たた》く仕種《しぐさ》をした。

「いや、すまん」

吉右衛門が、めざしを齧る。

「饅頭《まんじゅう》を十《とお》も食わしてくれれば、作ってやろう」

そこへ、猫の鳴く声が聴こえた。

見れば、縁側から真っ黒な猫が、こちらへ向かって歩いてくるところだった。

「おう、悟空《ごくう》」

吉右衛門が、猫の名を呼んだ。

吉右衛門が飼っている——というより、吉右衛門に言わせれば勝手に居ついてしまった黒猫である。

宝暦八年（一七五八）から刊行がはじまった口木山人の『通俗西遊記』はすでに出まわっていて、悟空と言えば、この奇態な物語に出てくる猿の孫行者《そんぎょうじゃ》の名であると、わかる者はわかる。

「こいつを焼く匂いに気がついたか——」

外へ出ていた悟空が、めざしの匂いにつられてもどってきたのである。

悟空が甘えて、鼻から頬《ほお》を、吉右衛門の身体にこすりつけてくる。

吉右衛門は、めざしを半分以上齧り取ってから、残ったところを悟空に向かって差し出した。

　吉右衛門の手から、悟空がめざしを取って、また縁側にもどり、そこでめざしを食べはじめた。

　残っためざしを全部口の中へ入れ、それを噛《か》んでいた悟空が顔をあげたのは、庭に、人が立ったからだ。

　悟空は、左右の眸《め》の色が違っている。右が金緑色、左が金青色――そのふたつの眸で庭へ立った人を見つめ、
　にいおおう……

　と細い声をあげた。

「おう、十三《じゅうぞう》――」

　吉右衛門が言った。

　病葉《わくらば》十三が、庭に立って吉右衛門を見つめていた。

二

「何かわかったのか――」

吉右衛門がそう言ったのは、茶を出した千代が、その場をはずしてからであった。

「いいえ」

十三が、静かに首を左右に振った。

「何もわかってはおりませぬ」

答えた十三の眼が、悽愴《せいそう》な光を放っている。

すでに、両国橋の一件からは、十日が過ぎていた。

吉右衛門と十三は、無外流道場の者たちと、それから役人たちに、あれから何度も同じことを語っている。一度しゃべってから、その二日後に役人たちが斬《き》られたので、また、もう一度しゃべることとなったのである。

「それから、武蔵殿の話、どこからも聴かぬが……」

吉右衛門は言った。

「はい……」

十三がうなずいた。

黒い影が、辻斬《つじぎ》りと共に去ってから、ぱったりと噂が消えていた。

「武蔵殿だが、まさか、本当にあの武蔵ではあるまい――」

吉右衛門は、茶の入った湯呑みを手に取って、それを口に運んだ。

ごくり、とひと口飲む。

「その武蔵なら、正保《しょうほう》二年に六十二歳で世を去っているはずじゃ」

十三は、茶には手を出さない。

正保二年——百二十八年前のことである。

今はすでに安永《あんえい》二年（一七七三）、十代将軍家治《いえはる》の世であった。

「しかし、話によれば、役人たちと闘った時、武蔵は二刀を使ったという話です」

「それは、おれも聴いているよ」

武蔵と名のったその漢《おとこ》は、右手に大刀、左手に脇差《わきざし》を握り、役人たちを剣の一閃《いっせん》ごとに斬っていったという。

大刀は、重い。それを右手のみで握り、何人も相手にして斬り結ぶというのは、並の膂《りょ》力《りょく》ではない。

武蔵を崇拝する何者かが、自らを武蔵になぞらえて、辻斬りとなったか。あるいは、それが昂《こう》じて、心まで武蔵になりきってしまったか——

いずれは、そういう輩《やから》であろうと見当をつけて、常より武蔵にかぶれていた人間、さらには二刀を使って稽古《けいこ》をする人間がいないかと、十三は、知り合いの道場や、心当りを訪ねて、それを訊ねてまわっていたのである。

結局、そういう人間は見つからなかった。

あの、武蔵と名のった漢は、確かに身体も大きかった。

身の丈は、六尺に余る。

それだけ身体の大きな漢で、剣の腕のたつ人物なら、必ずどこかで手がかりは得られるであろうと考えて、十三はこの数日動き回っていたのである。

その手がかりが、ない。

「江戸者ではないのかもしれません」

十三は、そうも言った。

「ところで、十三よ。おまえ、あの時、武蔵のことを、化生《けしょう》のものじゃと言うたな」

「はい」

「あれはどういう意味なのだ」

吉右衛門が問うと、

「どう言えばよいか――」

ううむと唸《うな》って、十三は腕を組んだ。

凝《じ》っと腕を組んでいた十三、ややあって、

「人というものは、そもそも気配を持つものなのです」

そう言った。

「気配!?」

「心のようでもありますが、心とは違います。思いのようでもありますが、思いとも違います。感情のようでもありますが、感情とも違います……」

十三は、言葉を切り、間《ま》を作った。

では、何なのだとは、吉右衛門は問わない。

十三が、まだしゃべり終えていないことがわかっていたからである。十三は、今、次にしゃべるための言葉を捜しているのだ。そのための間であった。

いくら、自分でわかっていることでも、それを他人のわかるように言葉にすることは難しい。

「強いて言うのなら、匂い、香りというものに近いところはあるやもしれません――」

「匂い？」

「心の放つ匂い、思いが放つ匂い、感情から立ち昇ってくる香り……」

「――」

「そういうものが、混然となって、人の肉からゆらめき出ているのです」

「それが気配か――」

「そうだと言ってしまえばそこまでですが、ともかく、そういうものがあるのです」

「――」

「相手を憎んでいたり、殺そうと考えたりしている者は、そういう気配を持っているものです」

「うむ」

「本来、人は、起きていようが、眠っていようが、生きている限り、それを放っているものなのです」

「それは、屍体《したい》には気配がないということか――」

「そうです」

十三はうなずいた。

「それで――」

「剣を己《おのれ》の業《わざ》とする者は、そういう気配を自在に操ることができねばなりませぬ。相手に、自分の気配を読まれてしまっては、後れをとることになってしまいます」

「なるほど――」

吉右衛門は、うなずいた。

その理屈は理解できる。

剣を握って互いに相手と向きあった時、気配を読まれたら、いつ、どうやって斬りかかるかが相手にわかってしまうことになる。

わかってしまったら、それをかわされ、逆に攻撃を受けてしまう。

「であるから、この気配を隠すことが必要となるのです」

相手に斬りかかろうという気配を隠す――そうすれば、相手には、いつ斬りかかろうとしているかがわからない。

「しかし、そういう気配は、隠しても洩《も》れるし、気配を隠そうとしていることが、逆に気配でわかってしまうということもあります」

　これでは、何か隠しているということがわかってしまい、これが逆に何かしようとしていることを相手に伝えてしまうことになる。

「達人ともなれば、気配を隠すというより、気配そのものを、己の肉や思いから断ってしまうこともできます」

　逆に、わざと、強い気配で相手を圧倒したり、斬らぬという気配を見せておいて、実は斬りかかるということもできる。

「わたしや一心斎殿は、まずその程度のことまではできます。人は、そのあたりまでは、修行でたどりつくことができるのです。しかし、あの武蔵の場合は……」

「どうであったのじゃ」

　十三は、首を傾け、腕を組んだまま、

「うまく言えません……」

　その頭《こうべ》を、小さく左右に振った。

「あれは、自然《じねん》のものです」

「自然？」

「気配を何も隠してはおらぬように、わたしには思えました……」

「ほう」

「人を斬ろうというのに、その気配というのが、人を斬ろうというのとはまるで異質なのです。一心斎を斬った時にも、そこらの草や、木の枝をなぐさみに切るほどの気配も見せていません。あのような境地に、人がゆけるのか……」

「それほどのものか、武蔵——」

「はい」

「おれには、わからぬところじゃな」

吉右衛門が、小さく首を左右に振る。

「わたしはさっき、屍体に気配はないと言いましたか——」

「あれは、おれが言うたのだ。ぬしはうなずいただけじゃ」

「その屍体が、もしも仮に気配を持つとしたら、それが、あの武蔵の持つ気配に近いやもしれませぬ」

「ほう」

「あれは、人外《にんがい》のものです。化生《けしょう》のものと言うたのは、そういうことです」

十三は、組んでいた腕を、ようやくほどいた。

普段は、あまりしゃべることのない十三が、今日はよくしゃべった。それだけ、武蔵のことでは、張りつめたものがあるのであろう。

「ふうむ」

今度は、吉右衛門が腕を組む番であった。

「十三よ、おれとおまえが会《お》うたのは、いつであったか――」

吉右衛門が問うた。

「三年前です」

「九月であったな」

「不知火《しらぬい》の連中と関わった時でした」

十三は言った。

三

三年前――

明和《めいわ》七年（一七七〇）九月に、その事件はおこった。

昼に近いあたりであったか、そろそろ腹の具合が気にかかってきた頃、吉右衛門の家に跳び込むようにして入ってきたのは、次郎松であった。

「堀河さま――法螺《ほら》右衛門《えもん》先生、てえへんなことになっちまったよう」

やってくるなり、まだ吉右衛門の顔を見る前に、次郎松はそう叫んでいた。

「どうした、次郎松」

奥から出てきた吉右衛門が言うと、

「甚太郎が、死んじまう――殺されちまうんだよう」

次郎松は、半分泣きべそをかいている。

「落ちつけ、次郎松、何があった」

「大川へ、釣りに行ったんだよう」

「釣り？　甚太郎とか!?」

「行こうって言ったのは甚太郎だ。鮎《あゆ》が集まってるから、鱸《すずき》が釣れるって。昨日、大雨が降ったからだって――」

九月になると、春に海から川にのぼった鮎が、ひと雨ごとに下ってくる。とくに大きな雨が降った時には、下る鮎が多くなる。その鮎が、流れがゆるやかになる河口に近い汽水域に溜《た》まる。この落ち鮎をねらって、海から鱸があがってくる。

「だから、大きな魚が釣れるんじゃ」

甚太郎は、そう言って次郎松を誘ったのだという。

竿《さお》と魚籠《びく》を持って出かけた。

途中、大川に近い畑の横に、堆肥《たいひ》を積んだ場所がある。

そこを掘って、蚯蚓《みみず》をとっていた時、大きな漢《おとこ》がやってきて、いきなり甚太郎を抱えあげ、近くにあった小屋にたてこもったというのである。

あとでわかったことだが、こういうことであった。

甚太郎を抱えてたてこもったのは、不知火と呼ばれる盗賊団の一味のひとり、あばばの牛松《うしまつ》という漢であった。

牛松の入っている不知火という盗人の集団は、二年か三年に一度、仕事をする。スリだの追いはぎだのといった安い仕事はしない。ねらうのはだいたいが、大きな商家である。それも、いきなり押し込むのではない。周到な準備をする。

何年も前からねらった商家に仲間の者を送り込み、そこで働かせる。屋敷の見取り図を作り、金蔵の鍵の写しを作り、逃走経路も、幾つか決めておく。準備万端整ったところで、決行日を決める。

商家に入っている仲間の者が、あらかじめ内側から門や木戸、戸を開けておくから侵入するのは簡単である。

顔を見られたり、気がついて騒がれたりしたら、その人間を殺す。時には、商家の者全員が殺されることもあり、年頃の女がいれば、犯される。犯された女は、その後で殺される。

不知火の一味のうち、主だった者八人の名はわかっている。

頭目《とうもく》の、鼯鼠《むささび》の源蔵。

猿《ましら》の朝吉《ちょうきち》。

屁《へ》っぴりむしの三助。

くさめの平吉。

鼬《いたち》の五右衛門。

山女魚《やまめ》。

蝸牛《かぎゅう》。


そして、あばばの牛松。

主だった者は、この八名で、この者たちは互いに名も顔も知っているが、仕事に応じて集められる者たちもいて、その者たちは、八人の名も顔も知らない。

名前と言っても、おそらく本名ではなかろうと考えられている。

不知火の一味としての名であり、それぞれは、いずれも実社会の中で、別の名で何食わぬ顔で生活をしている。仕事の時だけ、その名となり、仲間内でその名で呼び合う。

仲間の誰が、どこで、どういう名で生活をしているか、それを全て知っているのは、頭《かしら》の源蔵だけではないかと言われている。

甚太郎を人質にとって小屋にたてこもったのは、あばばの牛松であった。

このあばばの牛松が、仲間どうしの連絡がかりのようなことをやっていて、あらたに人が必要な時には、そのおりにだけ人を捜して雇うようなこともやっていた。雇われた者も、多くは、舟を用意したり、小屋を貸したりという大きな仕事の一部だけをやらされており、中には、自分が不知火の悪事に加担していることすら知らない者もいる。

この連絡がかりの牛松が、実は、飴屋《あめや》の伝六《でんろく》として、谷中《やなか》に住み、いつも市中で飴を売り歩いている人間とわかったのは、半月ほど前であった。

火盗改《かとうあらため》の平岡与右衛門正敬《ひらおかよえもんまさよし》の手の者が、ようやくこれを探り出してきたのである。

平岡与右衛門正敬は、すぐに牛松を捕えることをせず、泳がせた。仲間の者と連絡を取り合うのを待って、不知火の一味全員の顔を割り出そうとしたのである。

これに気づいて、出かけるふりをして牛松が逃げ出したのである。見張りの者たちは、牛松を追いながら、仲間を呼んだ。追われて逃げる途中、釣りへ出かける途中の次郎松、甚太郎と出会った。そこで牛松は甚太郎を捕え、近くの小屋にたてこもったというわけであった。

もっとも、吉右衛門が次郎松から聞いたのは、このような細かい話ではない。しかし、ともかく、事の大まかなところは、吉右衛門も呑み込めた。

そこで、吉右衛門は、事の次第を急いで甚太郎の家の者に知らせるよう次郎松に言い含め、自らは、件《くだん》の場所に向かって走ったのである。

その後を、犬のように、猫の悟空が追った。

現場は、もうすぐ向こうに大川の土手が見えるあたりであった。

茄子《なす》を植えた小さな畑があり、その横に小屋が建っている。その小屋を、町方や見物人が遠巻きに囲んで眺めているので、すぐにそれとわかった。

この時には、猫の悟空は、吉右衛門の懐に入っている。

見物人数人に声をかけると、だいたいの様子が呑み込めた。

小屋を囲んでいる町方を指揮しているのは、火盗改——加役《かやく》の平岡与右衛門正敬その人であり、小屋の中にいる牛松は、小屋の奥、つまり北側の壁を背にするように立って、南側にある小屋の入口を睨《にら》んでいる。前に甚太郎を抱え込んで、その喉元《のどもと》に短刀の切先《きっさき》をあてているという。

それが、西の壁と東の壁にある窓から内部をうかがった者の話である。

誰かが、小屋の中に入ってこようとしたら、甚太郎を殺すと言っているというのである。

その話を聴いているうちにも、

「やい、誰でも入《へえ》ってきやがったら、この餓鬼《がき》の生命《いのち》はねえぞ」

小屋の中で叫んでいる牛松の声が届いてくる。

思わず、

「甚太郎、無事か!?」

吉右衛門が大きな声をあげると、

「法螺右衛門、おいら、まだ生きてるよう」

甚太郎の声が届いてきた。

その声に被《かぶ》せるように、

「何でえ、この餓鬼の身内が来やがったか」

牛松の声が響く。

吉右衛門は前に出て、

「その子を放しなさい。その子をどうしようと、もう、あなたの運命は変わりません。これ以上罪を重ねる意味はどこにもないでしょう」

そう言った。

「ばかやろう、そういうまっとうな理屈で生きられねえから、こういうことになってるんでえ——」

「心を改めるのに、遅くはありません」

「遅《おせ》えよ」

小屋の中から牛松に怒鳴られて、吉右衛門は、一瞬言葉につまった。

「あなたの言うことはもっともです」

吉右衛門は言った。

「しかし、わたしは、その子の生命を助けたい」

「おれの生命は、助けられめえ」

「はい」

吉右衛門は言った。

「ここで、餓鬼ひとりの生命を助けたからって、磔《はりつけ》、獄門をまぬがれられるわけじゃあねえ。こちとら、それくれえのことはしてきたんだ。ひとりであの世へ行くのもつまらねえ。餓鬼ひとりが地獄の道連れじゃあ、様んならねえ道行きだが、ねえよりゃあマシだ――」

「それなら、わたしが、その子と代わりましょう」

「なにい!?」

「その甚太郎と、人質を代わりましょう」

「ばかやろう。餓鬼だから人質になるんでえ。それに、人質を入れ代える時に、何かされたらおしめえだろうが――」

「それなら、わたしが、あなたの生命をなんとか助けたら、どうですか」

「何だと?」

「あなたの生命を助けたら、その子を放してくれますか」

「何をとんまなこと言ってるんでえ。いったいどうやっておれの生命を助けるっていうんでえ――」

「三日、待って下さい」

「三日だとう」

「はい」

「おめえ、馬鹿か!?」

「はい」

「馬鹿の相手はしてられねえ。この餓鬼殺して、ここで大立ち回りを見せてやってもいいんだぜえ――」

牛松が言った時、

「法螺右衛門、何を馬鹿なこと言ってるんだよ。おいら、本当に殺されちまうじゃねえか――」

甚太郎が叫んだ。

そこで、ようやく、役人が吉右衛門のところへやってきたのであった。

「おまえ、人質になっている子供の身内か？」

「わたしの手習い塾に通ってる甚太郎ってえ子供で――」

「それはよいが、今、何と申していた」

「何と？」

「あの者の生命を助けてやろうと言っていたのではなかったか？」

「あ、いや、それは夢中で、気が動転しておったのでな」

吉右衛門が言った時、懐から猫の悟空が飛び出して疾《はし》り出した。

「あ、これ、悟空」

吉右衛門が声をかけたが悟空は止まらなかった。

「悟空！」

吉右衛門は叫んだが、悟空は小屋まで走ってゆき、跳んで小屋の土壁をひと搔《か》きすると、開いていた窓の格子の間から頭を入れ、するりと中へ入ってしまった。

「なんだ、この猫は――」

小屋の中から牛松の声が聴こえてきた。

「おれの欲しいのは、猫じゃあねえ。水だ――いや、酒だ。酒と食い物を持ってこい。戸を開けねえで、窓から竹の皮に包んだ握り飯と、竹筒に入れた酒を放り込むんだ」

少し間があって、

「いいか、毒なんか盛るんじゃあねえぞ。この餓鬼に、最初に食わせて飲ませた後、なんともなかったら、おれがいただくんだからな」

牛松はそう言い添えた。

「わかった。すぐに用意させる」

吉右衛門に、色々と訊ねていた役人――与力の松本《まつもと》一之進《かずのしん》が言った。

その松本一之進の視線が動いて、吉右衛門の背後を見た。

吉右衛門が振り返ると、そこに立っていたのは、長身の、切れ長の眼をした人物であった。

肌の色が、女のように白く、薄い唇が赤い。

はじめ、吉右衛門は、長身の女が男装して腰に刀を差して立っているのかと思ったほどだ。

風の中に、ほのかに甘く薫るものがあるのは、その漢《おとこ》が、着ているものに何かを焚《た》き込めてあるからであろう。

「これはこれは、病葉様――」

与力の松本は言った。

「話はだいたい耳にしました。厄介《やっかい》なことになっているようですね」

空《うろ》を吹く風のような声で、病葉と呼ばれた漢は言った。

これが、吉右衛門と病葉十三の、最初の出会いであった。

そばに立っているので、松本の知り合いと思ったのか、

「病葉十三と申します……」

その漢――病葉十三は、吉右衛門に向かって、わずかに頭を下げた。

抑揚の少ない声であった。

子供です」

吉右衛門が言うと、

「小屋の中で捕えられているのが、この吉右衛門殿の手習い塾に通っている甚太郎という子供です」

松本一之進が、説明をした。

「今、遠くながら窓からうかがったところ、賊は北側の壁に背を預けて、子供を腹のあたりに抱え込んでいるようですね」

十三が言った。

「その通りで――」

一之進がうなずく。

そこへやってきたのが、現場の指揮をとっていた火盗改の平岡与右衛門正敬であった。

「おう、これは病葉殿、とんだところで――」

平岡与右衛門正敬が言った。

「小屋にいるのは、不知火の一味のひとりのようですね――」

「あばばの牛松ってえ、奴らの中じゃあ、少しは名の知られた人間さ」

病葉十三、平岡与右衛門正敬とも以前からの顔見知りらしい。

「今の話では、酒と握り飯を届けることになったようですね」

「うむ」

「ならば、わたしが、少しお手伝いできるかもしれません」

「ほう」

「酒の入った竹筒と握り飯を窓から投げ入れる時に、声をかけて、牛松が何か声を発するようにしむけていただけますか」

「そのくらいは、むろんできるが、何か手だてが――」

「はい」

「いったい何を？」

「それを言うと、やらせてもらえぬかもしれませんので――」

「あんたのことだ、そこは見込みがあるから口にしたんだろう。わかった、まかせよう。しかし――」

「しかし？」

「できれば、牛松を生かして捕えたい。傷を負わせるのも、腕の一本を落とすのもいいが、口のきけるようにしておいてもらいたい」

「承知――」

十三は、もの静かな声で、うなずいていた。

四

用意が整った時、吉右衛門は、十三と一緒に小屋の北側の壁の外に立っていた。

少し前、十三が小屋に向かって歩き出そうという時、

「わたしも行こう――」

吉右衛門は、そう言って、十三の後について歩き出したのである。

「人質になっている甚太郎は、おれの教え子でな、いざという時には、身をもって守らねばならぬ」

十三は、ついてくるなとも、よいとも言わなかった。

そして、ふたりは、壁の前に立ったのである。

吉右衛門の耳に、十三が紅い唇を寄せてきた。

焚《た》き込めてある香の薫りが、わずかに強くなった。

「これから、何があっても大きな声をたててはなりません」

十三が囁《ささや》いた。

「わかっている」

吉右衛門もまた、十三の耳に口を寄せて言った。

小屋の壁は、土壁である。竹や小枝を組んだものを芯《しん》にして、そこへ、内と外から藁《わら》を混ぜた土を塗ってある。普通の声で話をしたら、中にいる者の耳へ、その声が聴こえてしまう。

十三は、壁に手を当て、眼を閉じた。何かをさぐるように、手を当てる場所を変えてゆく。やがて、手の動きが止まった。

十三は眼を開き、手を当てていた場所に、次は耳を当てた。やがて、満足したように無言でうなずくと、腰の剣を抜き放った。

柄《つか》を両手で握り、刃を上に向け、半身になって腰を落とした。

身体の左側を壁に向けている。

剣を左肩に担《かつ》ぐようにして持っている。剣の切先は、土壁の手前一寸のところで止まっている。

十三は、向こうからこちらを見ている一之進を見やり、顎を引いて、無言でうなずいた。

一之進は、その右手に、酒の入った竹筒を、左手には、竹の皮で包んだ握り飯を持っている。十三の合図を受けて、一之進も小さくうなずいて歩き出した。小屋の、西側の窓の手前で立ち止まり、格子の間から竹筒を半分差し込み、

「牛松、まず酒じゃ。これを取りに来い」

そう言った。

「ゆくか。投げ込め、できるだけ奥へな」

牛松の声が、壁の向こうから聴こえてきた。

その声の位置が、思いがけなく低い。

その瞬間、

「ぬん」

十三が、さらに腰を落としながら、剣の切先を、斜め下に向かって土壁の中に潜り込ませていた。

「ぐわっ」

という雄叫《おたけ》びが、土壁の向こうからあがった。

「踏み込め、今じゃ」

十三が言った。

「それ!!」

戸の向こうで待機していた平岡与右衛門正敬と、捕り方が、戸を蹴破《けやぶ》って、小屋の中に躍り込んだ。

この時には、吉右衛門も、十三と一緒に戸口に向かって走り出している。

吉右衛門が、小屋の中に入ってゆくと、

「法螺右衛門――」

しがみついてきたのは、甚太郎であった。

「よかったのう、よかったのう」

甚太郎の頭を撫《な》でながら、吉右衛門が向こうを見やると、北側の壁を背にして、牛松が土間に座り込んでいた。

まだ、牛松は右手に短刀を握って、こちらを睨んでいる。地についた尻の周辺の土に、じわじわと血の染みが広がり出している。

十三が、壁越しに、牛松の背に剣を刺したのである。木の芯の入っている、厚さ四寸に余る土の壁だ。それを貫いて、さらに牛松の背をよく突けたものだ。さらに言うなら、声の位置から、牛松が座していると判断し、突く方向を瞬時に下方へ修正してのけたのも、並の人間にできることではない。

なるほど——

外から食い物や酒を投げ入れる時、もともと壁際にいた牛松は、何か仕掛けられるのをおそれ、さらに壁に背を押しつける。

それを考えに入れて、これを実行したのであろう。剣を突く瞬間には、相手に声をあげさせ、頭の高さを確認している。

刺しすぎて、抱え込まれている甚太郎の身体を突かぬよう、切先が潜り込む深さを調整したりもしたのであろう。場合によっては、壁際にいるのは、甚太郎であるかもしれない。

そう判断された場合は、剣を刺し込むわけにはいかない。ともかくも、事を起こす寸前、牛松に声をあげさせる——これが、事の成否を握っていたのは確かだ。

だが、事に及ぶ時、瞬時にして正しい判断ができるかどうか。技術《わざ》、力、それを完璧《かんぺき》にそこで出せるかどうか。

誰もができることではなかろう。

「このおれをはめたなア、誰だい」

牛松が、つぶやいた。

「わたしです」

十三が、前に出た。

すでに、牛松を突いた剣は、鞘《さや》に納められている。

「いい腕だ。心臓だって突けたろう。それをしなかったなア、おれを生かしといて、仲間のことを吐かせようってえ、考えなんだろう?」

その問いには、誰も答えない。

まだ、牛松に誰もとびかかってゆかないのは、牛松が右手に握った短刀を前に突き出しているからであり、もう、逃げる心配がないとの判断からだ。

「おめえ、殺されるぜえ……」

牛松は、十三を見つめながら呻《うめ》くように言って、咳《せ》きこんだ。

口の端から、血の混じった涎《よだれ》がこぼれ出てきた。

「蝸牛ってえ、腕のたつのがいる。えげつねえ殺し方の好きな、くさめの平吉ってのもいる。いずれ、誰がこのおれを殺したかは、人の口にのぼる。そうすりゃあ、奴らがそれを聴いて、おめえを殺しにゆく。可哀《かええ》そうにな、今晩から、落ちついて寝らんなくなる。夜道を歩けなくなるぜえ……」

「それは楽しみなことですね」

「おれあ、口を割らねえ。いや、もしかしたら、責められて口を割っちまうかもしれねえ。人間てなア、弱《よえ》えもんだ。おらあ、それをよく知ってらあ。昔、仕事にしたところでよ、女にこの短刀渡して、亭主を殺して、おれらの女になる覚悟があるんなら、生命を助けてやるって言ったらよ、本当に亭主を殺しゃアがった……」

牛松の、短刀を握った手が、ゆっくりと下がってきた。

「仲間のことを言っちまうくれえなら、こうだ」

言うなり、刃先を自分の方へ向けて、牛松は、ずぶりと自分の喉へ、それを潜り込ませた。

「ざまあみやがれ」

血の泡と共に、牛松はその言葉を口から吐き出した。

ごとりと、短刀を握っていた手が落ちた。

しかし、まだ、牛松は生きていた。

「おい、法螺右衛門だったたっけ？」

牛松が言った。

「そこの酒……最後に一杯《いっぺえ》ひっかけてえ。死ぬ前《めえ》に、おいらにかけてくれ――」

吉右衛門の眼が、土間に落ちていた竹筒を見やった時、牛松の右手が動いた。

「くわっ」

牛松が、短刀を持ちあげ、それを吉右衛門に向かって投げつけようとした。

その右手に向かって、下から跳びついたものがあった。

黒い猫である。

悟空が、短刀を握った牛松の右手に噛みついていた。

くるくると短刀は宙を飛んで、天井の梁《はり》に突き刺さった。

「ふひゅっ」

と、短い呼気を吐いて十三が踏み出し、剣を抜き放ちざま、牛松の頭を斜めに断ち割った。

その剣は、牛松の右眼と左眼の間で止まった。

「ちぇっ」

牛松は言った。

「仕方ねえ、道連れなしだ。独りで行ってくらあ……」

眼を開いたまま、牛松は事切れていた。

五

「あの時のことだが――」

と、吉右衛門は前置きをして、

「土壁のこちら側から、向こう側の牛松のいる場所の見当をつけたのも、その気配ってえのを読んだのかい？」

そう言った。

「はい」

十三はうなずいた。

「おいらにとっちゃあ、あるんだかねえんだかわからねえ、そういうもんが、おまえさんたちみてえな人間にゃあ、わかるってえことか――」

しみじみと、吉右衛門は言った。

「わかるとしか、言いようがありません――」

「人の身体というのはな、どんな人間でも必ず熱を持っている」

「熱?」

「そうじゃ。生き物は皆そうじゃ。人には人の、犬には犬の、鳥には鳥の温度——いや、熱があって、それは、常の時には、冬であろうが、夏であろうが、人ならばどのような人であれ同じ高さの熱を、人の身体は放っているということだな。蜥蜴《とかげ》や蛇などは、そうではない。周囲の熱が下がれば、自身の体内の熱も下がってしまう」

「で?」

「しかし、常は同じであるはずのこの熱が、時と場合で変化をする」

「どのように?」

「身体を動かしたり、病気になったりした時に、この熱が高くなるのだ。あるいは、怒ったりした時や、酒を飲んだ時などもそうだ。気配を読むというのは、この熱の変化を読むのではないかとも思うたのだが……」

「——」

「壁の向こうであれ、熱というものは、わずかながら、壁を抜けてこちらへも届いてくる。敏感な者が、訓練すれば、あるいはそれを読みとることもできよう。だが、おまえの話を聴いていると、それともどうやら違う現象なのかもしれぬ……」

「いずれでもかまいません。とにかく、それはあって、わたしにはそれがわかるのです。いや、わかるようであるとしか、言いようがないのです……」

「ふうん……」

それが、熱であれ、何であれ、それがわかるという前提のもとに、病葉十三の技が成立しているということは間違いない。現に、吉右衛門は、身近でそれを体験している。十三は、土壁の向こうの牛松の気配をさぐりあて、その姿が現われる前、橋の向こうにいた武蔵の気配に気づいている。

「ところで、吉右衛門さん、あの時、妙なことを言っていましたが……」

「妙なこと？」

「三日待てば、牛松を助けてやると――」

「いや、あれは出まかせじゃ。少しでも時間を稼いで、何かよい智恵《ちえ》でも浮かべばと思うてな。おぬしが来てくれて、助かった……」

そのおりの一件以来、吉右衛門と十三は親しくなり、互いに行き来をするようになったのである。

十三は、深川で、練心館《れんしんかん》という町道場をやっている。

無外流の目録を得た後、それに自身の工夫を加え、無外一水流《むがいいっすい》という自流派を起こした。道場では、剣のみでなく、縄を使った捕縛法や柔《やわら》も教えており、一時、松本一之進も、練心館に通って、十三からそのひと通りを学んでいる。

吉右衛門も、十三の道場、練心館には何度となく顔を出しているのである。

「しかし、気配が見えぬということも、それはそれでよいことなのかもしれません。なまじ気配が読めれば、それで騙《だま》されるということもありますから――」

「騙される？」

「気配を読んで、予想していたことと違うことを相手が仕掛けてきたら、後れをとってしまうことになりますから」

「ふうん」

「吉右衛門さん――」

「何だ」

「あなたには、妙な才があります」

「どのような才じゃ」

「柔です」

「柔？」

「本気で修行すれば、その道でひとかどのところまではゆけるでしょう」

「まさかよ」

「自分で自分の才に気づいておらぬ――そこがよいところです。なまじ修行して、それに気づけばただの人になってしまうこともあります。本人次第でしょう――」

「おれには、今のこれが似合っている」

「ええ、あなたはあなた、堀河吉右衛門でよいのです——」

十三はつぶやいた。

「それと同様に、わたしはわたしのようにしかやれぬということです——」

十三は、己の胆《はら》に落とし込むようにその言葉を口にした。

「気をつけることじゃ、十三」

「気をつける？」

「おまえを見ていると、その背に青い鬼火を背負っているようじゃ。のめり込んでは、ものが見えなくなる」

「あなたの言うことはわかります。しかし、わたしの脳裏からは、あの晩の武蔵のことが離れぬのです……」

「——」

「一心斎殿の仇《あだ》を討つとか、もはやそういうことではないのです。あの、武蔵という人物と剣を交えてみたい——それだけなのです」

「取り憑《つ》かれたか、あの漢《おとこ》に？」

「そのようです」

「やって、勝てるか？」

「わかりませぬ」

「負ければ、死ぬ」

「それでかまいません」

十三の言葉に迷いはない。

「困った漢じゃのう……」

吉右衛門は、溜め息をつくしかない。

「ところで、吉右衛門さん——」

「うむ」

「武蔵のことを探索しているうちに耳に入ってきたのですが、今、江戸では、武蔵のこととは別に妙なことが起こっているようですね」

「何じゃ」

「口をきく犬です」

十三は言った。

巻の四　犬化け

一

その犬に出会ったのは、薩摩《さつま》藩の大久保安治郎《おおくぼやすじろう》という武士である。

その時、大久保は、ただ独りで夜道を藩邸に向かって歩いていたという。

灯《あか》りは持っていない。月夜であり、灯りがなくとも歩くのにさしつかえはない。

ちょうど藩邸に近い長谷寺の土塀を右手に見ながら歩いていると、

「おい」

と背後からくぐもったような声が聴こえた。

「おい、その腰のものを置いてゆけ――」

そう聴こえた。

思わず立ち止まって、後方を振り返ったが、人の姿はない。

気のせいかと思い、歩き出したところで、

「置いてゆかぬのか」

また、声がかかった。

立ち止まって振り返る。

人の姿はない。

しかし、よくよく眼を凝《こ》らして見やると、月明りでできた土塀の影に、一頭の黒い犬がわだかまるようにいて、こちらを見つめている。何故、こちらを見つめているとわかったのかというと、ふたつの青い眸《ひとみ》が、影の中で光っていたからだ。

土塀の上から、道の方へ、松が大きく枝を伸ばしていて、そこに影ができているのである。

人影はない。

それで、また歩き出すと、

「その腰のものを二本、もらいたい」

背に声がかけられた。

その声が思いがけなく近い。

大久保が腰に差しているのは、みごとな朱鞘《あかざや》の大小二本である。

「たれじゃ――」

剣の柄《つか》に右手を掛けて、後ろを振り返った。
すると、そこに、あの黒い犬がいた。
さっきよりずっと近い。
今まさに、ちょうど誰かが声をかけてきたと思われるあたりである。
人影はない。
とすれば、この犬が、今、自分へ声をかけてきたのか。
犬は、緑色に光る眸を大久保に向けて、四つ肢《あし》でそこに立っている。
不気味な眸の色であった。
距離は近い。
半歩踏み込んで、抜き放ちざまに剣を横に振れば、犬の首を落とすことができる。
「今、口をきいたは、おまえか!?」
思わず、大久保はそう声をかけていた。
犬は答えない。
月光の中で、小さく犬の口吻《こうふん》がめくれあがった。
大久保には、それが、犬が嗤《わら》ったように見えた。
薩摩の風そのままに、大久保は豪胆な人物であった。
この化け犬め――

そう思った。

思った時には、

「ちえええええええっ!!」

剣を抜き放ちざま、犬に切りつけていた。

いや、切りつけたと、大久保本人はそう思った。

しかし、振ったのは、右手だけだ。

正確に言うなら、手首の消失した右手を振ったのだ。

手首から、大久保の手の動きに合わせ、半円を描いて血が地に飛んでいた。当然、その血は犬にかかるはずであったのだが、犬の姿はすでにそこになく、血は、犬のいなくなった地面に振り撒《ま》かれただけであった。

大久保の右手首から先は、腰の剣の柄を握ったまま、そこからぶら下がっていたのである。

刃は、ちょうどその長さの三分の一ほどが抜かれたところであった。

何が起こったのか。

大久保が剣を抜ききる前に、犬が、大久保の右手首に飛びつき、そこを、骨ごと嚙《か》み切っていたのである。

気がついたら、大久保は、仰向《あおむ》けに倒されていた。

その腹の上に、犬が乗って、大久保を見下ろしていた。

勝ち誇ったように、犬が、また嗤ったように見えた。

犬の上で、月が光っている。

「ぐむむ……」

呻《うめ》きながら、大久保は、左手で右手首を押さえている。指の間から、生温かいものが溢《あふ》れ、自分の上にこぼれ落ちてくる。

犬は、大刀の鞘を咥《くわ》え、大久保の腰から剣を抜き取り、手首をぶら下げたまま走り去った。

大久保は、なんとか自力で藩邸までたどりつき、これを語り終えてから、意識を失った。藩の者が、慌てて止血をしたが、流れ出た血が多すぎて、そのまま大久保は死んだ。

二

髪結いの新三郎《しんざぶろう》も、妙な犬に後を尾行《つ》けられたというのである。

新三郎は、廻《まわ》り髪結いである。床屋として場所を構えているわけではない。道具の入った引き出しの付いた箱を風呂敷に包んで、なじみの大店《おおだな》や、女郎屋などを廻って仕事をする。

犬に尾行けられたというのは、吉原からの帰りだった。

やはり、夜である。

年季で約束している花魁《おいらん》の髪を結い、大門《おおもん》を出た時には、もう、高く月が昇っていた。

吉原から、自分の住んでいる長屋のある稲荷町へ向かって歩いた。

ちょうど、道の半ばほどへ来た頃、妙な気配に気がついたというのである。

誰かに後を尾行けられているような気がした。

歩きながら後ろを振り返っても、誰か人の姿があるわけではない。そんな気がしただけだ。

誰もいないのを確認したのだが、前を向いて歩き出すと、やはり、誰かに尾行けられているような気がする。

どうも、妙である。

誰かというよりは、何かだ。

何度目かに振り返った時、黒い犬が歩いているのが見えた。

犬か――

そう思ってみれば、その犬の姿を、何度か振り返った時に見たような気もする。

ついてくるのが人だと思っていたので気にならなかったが、そういえば、この犬、ずっと自分の後をついてきているのではないか。

その後、何度か振り返ると、その度にその犬の姿が見える。

何か、犬が好むようなものを懐に入れているのかと思ったが、そういうものは持っていない。

なんだか、薄気味が悪い。

偶然、犬と自分の行く方向が同じなのかとも思った。

それで、何度か、いつもとは違う道を通って歩いたのだが、やはり、犬は同じ距離をおいてついてくる。

気になった新三郎は、足を止めた。

すると、犬も、同じように足を止める。

これは、間違いなく、犬が自分の後を尾行けてきているのだと思った。

とうとう、犬は、稲荷町にある新三郎の家の前までついてきたが、家の中まではやってこなかった。

次の日――

すっかり、新三郎はその犬のことを忘れていた。

思い出したのは、家を出て歩き出し、ふと何かの気配に気がついて後ろを振り返った時、黒い犬の姿を見たからであった。

ちょっと頭を下げ、上眼《うわめ》づかいにこちらを見るようにしながら、犬が後からくっついてくるのである。

新三郎が立ち止まれば、犬も立ち止まる。

何か欲しいのかと思い、たまたま懐にあった握り飯の一部を放り投げてみたが、犬は見向きもしない。

ただ、新三郎の後をついてくるだけである。

こんなことが、三日ほど続いて、ぱったりと犬がついてくるということはなくなった。

「ほんとうに、妙な犬っころでしたぜ」

と、新三郎が、出入りをしていたお店《たな》――鼈甲屋《べっこうや》の岡田屋のお内儀《かみ》の髪をいじりながら、言ったというのである。

これは、岡田屋の娘、お雪がその話を耳にして、たまたま顔を合わせた十三《じゅうぞう》に語ってくれたというのである。

三

犬に、ものを盗《と》られたという話もあった。

材木問屋相模屋《さがみや》の手代で、正吉《しょうきち》というのが、そういう目にあった。

これは昼だ。

番頭の杉蔵《すぎぞう》から用事をことづかって、日本橋にある、はなだ屋へゆく途中のことだ。

正吉が、その時手にしていたのは、傘と提灯《ちょうちん》である。

前日に、番頭の杉蔵が、用事があってはなだ屋へ出かけている。はなだ屋は桶《おけ》を扱っている、江戸でも名の知れた大店であり、その材は相模屋から仕入れている。その仕入れ値のことで相談することがあって、杉蔵は、はなだ屋に出向いていたのである。夕方までに相談が終るつもりでいたのが、夜までかかってしまい、おまけに雨までふり出していた。

それで、傘と提灯を借りて帰ったのである。

正吉は、その傘と提灯を返すために、はなだ屋に向かって歩いているところであった。

懐には、紙にくるんだ饅頭《まんじゅう》が入っている。

出がけに、

「これは、駄賃じゃ」

杉蔵がそう言って、正吉に渡してよこしたものだ。昨夜、はなだ屋で出されたものを、杉蔵が持ち帰ってきた饅頭である。

正吉は、それを道の途中で食べるつもりで、懐に入れてきたのである。

ただ、右手に傘を持ち、左手に提灯を持っているため、両手が塞《ふさ》がっていて、歩きながら食べるというのは、どうもうまくない。提灯はたたんであるので、傘と一緒に片手で持てなくはないが、その格好で饅頭を食べるというのも落ちつかない。

どこか腰を下ろせるような場所を見つけて、そこで饅頭を食べようと思っていたのだが、その機会を得ないまま、いつの間にか道の半分を歩いてしまった。

ならばいっそ、帰りに食べようかと、とりとめない思案をしているところへ、ふと眼に入ったのが、一頭の犬であった。

ひょろりと瘦《や》せた犬が、正吉の行く手に立って、こちらを見ているのである。黒い犬だ。

その犬が、首を傾けて、近づいてくる正吉を眼で追っているのである。

その犬の脇を通り過ぎようとした時――

いきなり、犬がひょいと二本の後肢《あとあし》で立ちあがり、二本の前肢を正吉の腹にかけた。

と――

犬の右の前肢が、横へ動いて、正吉が着ているものの合わせ目を開いた。

「あ、こら――」

正吉が声をかけた時には、もう、犬は懐にあった饅頭の包みを咥《くわ》えて走り出していた。

正吉は、その犬に、饅頭を奪われてしまったのである。

四

浅草の奥山で、毎月、一のつく日に賭場《とば》が開かれている。

そのあたりを仕切っている蹴鞠《けまり》の藤兵衛《とうべえ》という貸元《かしもと》が開帳している賭場である。

普段は、女に蛇を呑《の》ませたり、足芸を見せたりしている見世物小屋だが、一日、十一日、二十一日に、ここが博奕《ばくち》小屋になる。そのうちでも一日は特別な日だ。大きな金を張る客だけが参加できる日で、百両からの金が動くこともある。

〝文《もん》〟という単位の金は使わないのが、暗黙の了解事項で、この一の日は、〝文なしの日〟とも、呼ばれている。

その文なしの日——

昼から三間盆《さんげんぼん》の上で壺《つぼ》が振られ、そろそろ陽《ひ》が西へ傾いて富士の向こうへ沈もうかという頃、犬が出たというのである。

痩せた、黒い犬だ。

いったい、いつからその犬が小屋の中にいたのかというと、誰もがよく覚えていない。気がついたらいた、という者がほとんどである。

小屋の隅の方で、歩くでなく、立つでなく、眠るでなく、座って、凝《じ》っと盆の上を見つめていたというのである。

大人しく、あまりにもその場に慣れた風であったので、藤兵衛の飼っている犬か、誰か常連の客が連れてきた犬かと思った者もいたらしい。犬がいたからといって、邪魔になるようなものではなかったので、そのまま放っておいたというのである。

壺振りの横に、五十両ずつ包んだものが三つ、百五十両が置かれていた。

金がなくなった者に、貸すための金であった。誰にでも貸すわけではない。顔が割れていて、貸した金をきちんと取りたてることができそうな者に貸すのである。

どこでどう金を融通してきたのか、無宿人としか見えぬ者の顔もあるが、もちろんそういう人間には、その金が貸し出されることはない。

しばらく前から、鉄三郎《てつさぶろう》という二十七、八歳の男が勝ち続けて、三十両近い金がその男の手元に集まっていた。

壺が振られて、伏せられた。

そこで、一同が驚きの声をあげたのは、鉄三郎が、手元にあった金の全部を三間盆の上に押し出して、

「半」

そう言ったからである。

目がきている時に、おもいきり賭《か》けるということはあるが、鉄三郎の様子に、そういう運気を背にしたようなものが見えない。どちらかというのなら、投げやりに半に賭けたように見える。

丁半出そろって、壺を開けようかというその時に、三間盆の上に、どこからか、ばさりと一両小判が投げ込まれ、

「丁」

という、やけにくぐもった声が、響いたのである。

妙な声であった。

いったい、どこからその声が聴こえたのかと、一同の顔が、その声のした方へ動いた。

その視線の先にいたのは、座って盆を眺めているあの黒い犬であった。

と――

その犬が腰を持ちあげ、歩き出した。

三間盆の上にのった。

それを止めようとした者がいなかったというのは、その犬の歩き方、ふるまいが、あまりに堂々としていたからである。

犬は、三間盆の中央まで歩いてくると、壺振りの者が、伏せた壺を握っているその手を咥え、上へ持ちあげた。ふたつ並んだ賽《さい》が現われた。

「一」と「一」――ピンゾロの丁であった。

犬が、壺振りの横に置いてあった、五十両の包みを、その口に咥えた時、ようやく声があがった。

「何をしやがる、この糞犬《くそ》が」

若い者が、犬の口に咥えられた五十両に手を伸ばそうとしたのだが、犬はもうそこにいなかった。

疾《はし》り出して、あっという間もなく、横の筵《むしろ》を身体ではねあげるようにして、外へ飛び出していたのである。

あわてて、何人かが犬を追って外へ走り出た。

しかし、犬の足にかなうはずもない。

追いながら見ていると、犬は、近くにあった松に跳びつき、その幹を駆けあがって、枝を横に走り、そこにあった築地塀《ついじべい》を飛び越え、その向こうに姿を消してしまったのである。

五

武蔵探索中に耳に入ったという〝黒い犬〟の話を、ひと通り十三は語り終えていた。

「そういう話か……」

十三の話を聴き終えて、吉右衛門はつぶやいた。

「ええ」

十三は、うなずいた。

「しかし、十三よ。問題は、その黒い犬が、いずれも同じ一頭の黒い犬であるかどうかということだと思うのだが……」

「わたしは、同じと思うていますが……」

「おまえの言っていることが正確なら、話の中で、犬は二度しゃべっている。しかし、大久保安治郎の時も、奥山での時も、声は後ろから聴こえてきたということではないか。誰も、犬がその口でしゃべるのを見ているわけではない――」

「それはそうじゃ。しかし、大久保殿の場合は、後ろから声をかけられ、振り返ったらそこに犬しかいなかったということですから、その黒い犬が語ったとしか思えないのではありませんか――」

「――――」

「浅草の奥山でのことも同様に、声のしたところには犬しかいません」

「では、おまえは、その犬が自ら小判を賭け、勝ち分を勝手に咥えて逃げ去っていったということを信ずるのか――」

「信ずるも信ぜぬも、そう話す者がいるということです」

「誰だ、十三。おまえにその話をしたのは――」

「そこで、三十両の有り金全部を賭けた男です――」

「なに!?」

「長谷川《はせがわ》鋷三郎です。わたしの道場に、しばらく剣を学びに来ていた男です――」

「長谷川鋷三郎?」

「前の加役、長谷川様の息子です」

ここで、十三が言った前の加役というのは、長谷川平蔵宣雄《へいぞうのぶお》のことだ。

「あの、目黒行人坂《ぎょうにんざか》の火事の下手人真秀《しんしゅう》とかいう坊主を捕えた長谷川様か――」

「その息子です」

「長谷川様、噂《うわさ》では、昨年、京の西町奉行となられて、あちらへ移ったのではなかったか」

「ええ。銕三郎も、一度は、宣雄様と一緒に京まで行ったのですが、たいくつじゃと言って、ひとりだけで、江戸までもどってきてしまったということです――」

「ふうん」

「いずれも、わざわざ捜して聴きこんできた話ではありません。武蔵のことで、あちこちに足を運んでいる時に、耳に入ってきたものです――」

その言葉通り、最初に武蔵に会ったという東屋の番頭の佐吉と手代の長介に始まって、わかる限りの人間たちに、十三は、その晩の様子を聞きとりに行っているのである。

「本気になって、この犬のことを訊《たず》ねてまわれば、もう少し、わかることもあるかもしれませんが――」

「共通することは、多少ある」

吉右衛門は言った。

「薩摩藩の大久保安治郎、髪結いの新三郎、相模屋の正吉、奥山での長谷川銕三郎――このうち、犬がしゃべった、いや、口をきいたと思われているのが二度。その真実《まこと》のところはおくとして、他には、大久保安治郎、正吉、銕三郎、このいずれの時も、その黒い犬がものを盗《と》っていったということじゃ」

「なんでしょう」

　大久保安治郎が盗られたのが、剣。

　手代の正吉が盗られたのが、饅頭。

　長谷川銕三郎の時に犬が盗っていったのが、金五十両。

「ほう、なるほど……」

　十三がうなずいた。

「何も盗られてないのが、髪結いの新三郎だけだ……」

「それで、何かわかるのですか――」

「いや、わからん」

　吉右衛門は、首を左右に振って、

「わかるというのなら、饅頭くらいじゃ」

　笑った。

「それは、饅頭が、あなたの好物だという、それだけのことでしょう」

「ああ。饅頭なら、おれも、盗んでも食いたい口じゃ」

吉右衛門はまた笑ったが、十三の口元に笑みは浮かばない。

吉右衛門は、口元から笑みを消して、頭をこりこりと掻《か》いた。

十三を見やり、

「で、どうなのじゃ」

吉右衛門は言った。

「どう？」

「おまえが、わざわざ犬のことを言い出したのじゃ。さっきは関係ないとは言うていたが、犬と武蔵の一件、何か思うところがあるのであろう？」

「あると言えば、あります」

「それは何じゃ」

「両国橋の斬《き》らずの辻斬《つじぎ》り——その時に、黒い犬を見たという者がいます」

「いつじゃ」

「辻斬り——武蔵が最後に現われた時です」

「というと、八日前のことか？」

「ええ」

梅川一心斎が、武蔵を名のる辻斬りに惨殺《ざんさつ》されたのが十日前——つまり、それから二日後の両国橋でのことということになる。

「誰が見た!?」

「あの時、最後に残った捕り方が五人。そのうちのふたりが、犬を見ています」

「黒い犬か?」

「そうです」

黒い影が現われ、荒ぶる武蔵の剣を納めさせ、ふたりが姿を消した時、すでに五人からふたりを追う気力は失《う》せていた。

ただ、去ってゆく武蔵と黒い影の姿を見送るだけであったのだが、ふたりの姿が遠くなっていった時に、もの陰から一頭の黒い犬が現われて、まるで仲間であるかのように、ふたりと並ぶようにして歩いていったというのである。

これを見たのが、残った捕り方五名のうちの二名で、見た光景はどちらも同様である。

他の三名は、それに気づいていない。

気が動転していた者——斬られて倒れている仲間を抱き起こそうとしていた者、様々で、その犬のことには気づいていない。

気づいた二名も、たまたま、付近にいた犬が、武蔵と黒い影に寄っていっただけで、それが、特別に重要な光景であったとは思っていなかった。

ただ、

「何でもよい。気づいたことはありませんか」

病葉《わくらば》十三の言葉にうながされて、

「そう言えば――」

ということで、この犬のことを語っただけである。

黒い犬であったかどうかについても、

「その犬、色は黒ではありませんでしたか」

十三が問うたため、そういえば黒であったかもしれぬと答えただけであり、はっきり黒と断言したわけでもない。何分にも、夜、距離をおいての話であり、犬の体色まではっきり覚えているということではない。

「犬と武蔵か――」

吉右衛門は、腕を組んだ。

それと黒い影――

「見当もつきません……」

十三もまた、吉右衛門と同様に腕を組み、小さく首を左右に振りながらつぶやいた。

千代が、十三のために出した茶が、飲まれぬまま、そこで冷めていた。

巻の五　風神雷神

一

すでに、梅雨に入っていた。

昨日まで、ぐずぐずと雨が降っていたのが止《や》んで、朝、思いがけなく空が晴れた。

しかし、それも束《つか》の間《ま》で、昼頃になると、西から流れてくる雲がだんだんと増えはじめて、夕方になる頃には、空には晴れた部分より、雲の量の方が多くなっていた。

庭で、腕を組み、空を見あげていた吉右衛門は、さっきからしきりと、

「むふ、むふ、むふふふ……」

含み笑いを続けている。

吉右衛門の横に並んで、腕を組みながら同じように空を見あげているのは、甚太郎と次郎松であった。

ふたりとも、吉右衛門の真似《まね》をして、

「むふ、むふふふ」

と笑っているのだが、時おり、うかがうように吉右衛門の方へ視線を動かして、その様子を確認している。

しかし、いつまでも吉右衛門が笑っているのを見て、

「法螺右衛門《ほらえもん》、何だよ、何を笑ってるんだよう――」

甚太郎が言った。

大人に対する口のきき方ではない。ましてや、師である人間に対してもちいる言葉遣いでもない。同じ歳の仲間に対する口のききようであった。

それを、吉右衛門は、怒りもしない。

十三歳の子供に、人徳というのはおかしいが、甚太郎は、こまっしゃくれたところがあるものの、子供ながら、妙にこの徳のありそうな風貌《ふうぼう》をしているのである。色白で、その目鼻だちや口元に、どことない筋目の良さのようなものがあるのだ。

それに、吉右衛門のことを、法螺右衛門などと呼ぶのも、ふたりきりの時か、別の人間がいたとしても、次郎松か仲間の子供たちや千代がいる時だけであり、他の人間がいる場合は、きちんと、

「吉右衛門様」

と呼ぶ。

そういう使いわけをしていることを、もちろん吉右衛門はわかっている。しからないのは、それが、自分が甚太郎から好かれていると理解して、それでよしとしているためか、もともと、そういうことを気にしないためであるのか、それは他人のあずかり知らぬところだ。

たまに、

「いけません。吉右衛門様とお呼びなさい、甚太郎――」

千代がたしなめたりするのだが、

「まあまあ、よいではないか」

吉右衛門が、甚太郎をかばったりするのである。

もっとも、法螺右衛門と本人のいる前で呼びすてにするのは甚太郎だけで、次郎松も、他の者たちも、そんな呼び方はしない。

甚太郎は、深川の木場《きば》にある質屋の息子である。

四年前、質流れの銅でできた糸印《いといん》を、父である伝左衛門《でんざえもん》からもらい、それに細い紐《ひも》を付けて巻きつけたものを、いつも懐に入れている。

眸《ひとみ》はくりっとしていて大きく、よく動く。

次郎松は、甚太郎の家の隣に住んでいる炭屋の息子で、胡瓜《きゅうり》の胴に、牛蒡《ごぼう》で手足をくっつけたような身体つきをしていた。甚太郎がはしっこいのに比べれば、どことなくのんびりしているところがある。

さっきの質問に答え、

「この分だと、今晩、嵐になるからじゃ」

吉右衛門が言った。

「嵐？」

「そうじゃ」

「嵐になると、どうして嬉《うれ》しいんじゃ」

「嵐がくれば、風が吹く。いや、風が吹くから嵐になるのかな」

「どっちだっていいさ。嵐がきて風が吹くとどうして嬉しいんだよ」

「嵐がくればな、雷が鳴るからじゃ」

そう言って、吉右衛門は、

「むふ、むふふ……」

と笑うのである。

「わからねえなあ。どうして、雷が鳴ると嬉しいんじゃ」

「嬉しいから嬉しいのじゃ、な――」

言って、またもや吉右衛門は、むふ、むふと含み笑いをするのであった。

「おい、法螺右衛門、何か考えてるだろう?」

「考えている」

「なんだよ、教えてくれよ」

「教えない」

「何故?」

「何故でもじゃ」

吉右衛門は、空を見あげながら、まだ腕を組んでいる。

もう、甚太郎も、次郎松も、腕を組むのをやめて、空ではなく、吉右衛門を見あげている。

「法螺右衛門、今夜、何かやろうとしてるだろう」

「さあて、どうかな——」

吉右衛門は、組んでいた腕をほどき、甚太郎を見下ろした。

「やっぱりだ。やっぱり何かやろうとしているだろう。何だよ。何をやろうとしているんだよ」

「内緒だ」

むふむふと笑いながら、吉右衛門は、家の方に向かって歩き出した。

歩く吉右衛門を後ろから眺めると、首と、肩と、背と腰が、不思議な呼吸で、左右に揺れる。

　ひょろりと背が高いので、長い糸瓜《へちま》が、ゆらりゆらりと、風に揺れているようにも見える。

「まだ、饅頭《まんじゅう》が残っているはずだな……」

　ひとり言のようにつぶやいた。

　今日の昼、久しぶりに十三《じゅうぞう》がやってきて、饅頭をふたつ、置いていったのだ。それを、その時ひとつ食べ、ひとつを残しておいたのである。

　武蔵の一件が両国橋であってから、そろそろ二カ月が過ぎようとしていた。

　以来時おり、ここへ顔を出していた十三であったのだが、この半月あまり、足を運んでこなかった。それが、ひょっこり、昼に姿を現わし、

「これを持ってきました」

　そう言って、饅頭を置いていったのである。

「どうして、饅頭を?」

「あなたが好きであったのを思い出したのです」

「わざわざ買いに行ったのか」

「いえ、やぼ用がありまして、両国の饅頭屋に顔を出してきたのです」

「何故じゃ」

「〝あまたろう〟という店です。そこで、三日前、饅頭を盗まれたという話を耳にしたのです。で、話を聴きに行ってきたのですよ」

「また、あの黒い犬が盗んだのか」

「いいえ」

十三は、首を左右に振った。

「このところ、武蔵のことも、黒い犬のことも、新しい話はとんと聴きません」

「ならば、何故?」

「もしやと思って、〝あまたろう〟に顔を出したのです。そこで色々話を聴いたのですが誰が盗んだのかはわかりませんでした――」

「ほう」

「前からの注文があって、その日の昼に相手がとりにくるというので、〝あまたろう〟では、約束の十二個の饅頭を用意して待っていたのだということでした。そろそろ来る頃あいであろうと、それを紫の風呂敷《ふろしき》に包んでおいたというのです。それが、ちょっとその場を離れてもどってきたら、そこに置いておいたはずの風呂敷包みが失《な》くなっていたというわけなのです――」

「では、犬が盗《と》ったか、人が盗んだかは、わからぬというのか」

「ええ。しかし、かわりに、ひとつ、おもしろい話を耳にしました。それを教えておこうと思って、あなたのところに顔を出すことにしたのです。そのついでに、饅頭を買《こ》うてきたのですよ」

「その、おもしろい話というのは？」

「相模屋の正吉が盗まれた饅頭ですが、それも、〝あまたろう〟の饅頭だということです」

「どうしてわかった？」

「ちょうど、相模屋の杉蔵が、はなだ屋に行った日の前日に、はなだ屋の者が来て、明日は大事な客があるというので買いに来たというので、五つほど売ったというのです――」

「そういうことか」

「これが、例の黒犬や武蔵の一件とどう関わりがあるのかは、まったくわかりませんが、あなたの耳には入れておこうと思ったのです」

そう言って、十三は、饅頭を置いて帰っていったのである。

その饅頭が残っているはずなのだ。

家に入ろうとしたところで、吉右衛門は、中から出てきた千代と、顔を合わせた。

「用意ができましたよ」

千代が言った。

千代の背後から、醬油《しょうゆ》と卵の煮える匂《にお》いが漂ってきた。

「泥鰌《どじょう》鍋か」

「あたり」

千代は笑って空を見あげ、

「また雨ね」

うらめしそうに言った。

「そうだが、どうしたい」

「岡田屋のお雪ちゃん、あさってがお輿入《こしい》れじゃない。雨にならないといいんだけどねえ――」

そこへ、

「だめだよ、お千代ねえちゃん」

甚太郎が言った。

「何がだめなの？」

「法螺右衛門は、雨になって嵐になるって言って、喜んでいるんだからよ」

「いけません」

「ほらみろ」

悦《よろこ》んだ甚太郎に、

「いけないと言ったのは、あんたの口のきき方よ」

千代が顔をしかめてみせた。

「なんだよう、ちゃんとねえちゃんて呼んでるじゃあねえか」

「そのことじゃないよ。吉右衛門先生のことを、法螺右衛門だなんて言ってること――」

「ちぇっ、藪蛇《やぶへび》だあ」

「甚太郎、おこられた、甚太郎、おこられた――」

横で聴いていた次郎松が、はしゃいだ声をあげた。

二

夜――

吉右衛門は、大川の堤の上に立っていた。

そこに立てば、周囲に吉右衛門より高いものはほとんどない。少し上流に松が、下流に桜が生えているが、それをのぞけば、ぽつんと吉右衛門の姿があるだけである。

妙であったのは、吉右衛門が、背に箱のようなものを背負い、右手に窄《すぼ》めた傘を持っていることだ。

「むふ、むふふ……」

笑いながら、吉右衛門は天を見あげている。

空には、激しく雲が動いていた。

時おり、雲の隙間《すきま》に月が覗《のぞ》くだけであった。その月が、ほとんど見えなくなったと思う頃、いきなり、

びゅう、

と強い風が吹きだして、周囲を太い雨滴が一斉に叩《たた》きはじめた。

「きたきたきた」

白い歯を見せて、吉右衛門が傘を開いたその時、ぎらりと、青い刃物の如き光が、天と地とを繋《つな》いだ。

次の瞬間、ばりばりばりばりと、大気をひき裂く激しい雷鳴が轟《とどろ》き、ごうごうと天地が唸《うな》りはじめた。

嵐であった。

稲妻が何度もひらめき、雷鳴が響いた。

光と音との間がない。

雷雲の真下に、吉右衛門は立っていた。

稲妻が光るたびに、吉右衛門と、周囲の光景が青く浮かびあがる。

また稲妻が光り、凄《すさ》まじい音が同時に響いた。すぐ上流にある松の樹《き》に、雷が落ちたのである。松は、ふたつに裂けて折れ、めらめらと炎をあげはじめた。

その時——

見えた。

炎の灯《あか》りで見れば、下流の桜の樹の方角から、子供がふたり、こちらに走ってくるのが
声が聴こえた。

稲妻が光る。

その青い光に浮かびあがったのは、甚太郎と、次郎松であった。

「おえええーん」

泣きながら走っているのは、次郎松の方であった。

「甚太郎、次郎松、こっちへこい」

吉右衛門も、ふたりに向かって走り出した。

ふたりが、傘の下に飛び込んできて、吉右衛門にしがみついた。

「おっかねえ！　おっかねえぞ、法螺右衛門よう」

甚太郎が、興奮した声をあげる。

「おーん、おーん」

次郎松は、ただ泣きながら、吉右衛門にしがみついてくるだけだ。

「おまえたち、なんでここにいる」

「法螺右衛門が、今夜何かをやろうとしてるってわかったからよう、おもしろそうだから、

何をやるのか見るために、後をつけてきたんだよう」

「ばか!!」

吉右衛門が言った時、
だきーん!!

という金属音に近い凄まじい音が、耳をつんざいた。

吉右衛門の身体が、殴られたように揺れ、ばりばりばりばりという音が、周囲に湧《わ》きたつようにあがった。

今、まさに、稲妻が吉右衛門に落ちている最中《さなか》であった。

いや、正確には、吉右衛門が差している傘が落雷を受けたのである。

吉右衛門が、足を踏んばっていなかったら、ふっ飛ばされていたところであった。

「凄《すげ》え!!」

甚太郎が叫んだ。

「凄え、凄え、凄え、凄えぞ!!」

狂ったように叫んでいる。

吉右衛門が背に負った木箱から、煙があがっていた。

「雷にやられたのに、おいらたち、まだ生きてらあ!」

それから、さらに二度、雷は吉右衛門の傘に落ちた。

その間中、甚太郎の叫ぶ声と、次郎松の泣き声が響いていた。

三

その惨劇については、嵐の翌日、千代によってもたらされた。

まだ、授業の始まる前――

子供たちが、輪になって、次郎松と甚太郎を囲んでいる。

「ほんとに、法螺右衛門のやつ、夕べは凄かったんだぜぇ」

しゃべっているのは、ほとんど甚太郎であり、次郎松は甚太郎の横でうなずいているだけだ。

「雷《かみなり》よけの傘だってよ。そいつを法螺右衛門が作ったんだ。どだーん、ぐわらぐわらって雷が落ちてきた時はよ、おいらしびれたぜ。だけど、ぜんぜん、怖くなかったぜ」

興奮した声でしゃべっている。

「うん、凄かった」

次郎松が言うと、

「馬あ鹿、おまえは震えておんおん泣いてただけだったくせによ」

甚太郎が、まぜっかえした。

「法螺右衛門のやつ、顔はさえねえけどよ、なかなかの漢《おとこ》だぜえ」

その時、廊下の奥にあるからくり部屋の戸が開いて、

「誰の顔が、さえないんだって？」

ひょろりと長い顔が出てきた。

すでに記した如《ごと》く、鼻は魔羅《まら》のようで、その先から小便でもしそうである。

異相であった。

しかし、眼が細く優しい。

この時代の江戸人は、ほとんど見る機会はなかったが、象の眼のようであった。

吉右衛門の噂《うわさ》をしているところへ、その本人が顔を出したものだから、子供たちがどっと笑い声をあげた。

「ほんとうに、昨夜は凄い雨と雷であった」

吉右衛門は、そうつぶやいて、右手の長い指で、顔をつるりと撫《な》でた。

後ろ手に戸を閉め、子供たちのところまでやってくると、

「しかし、今日はよい天気じゃ」

開け放した障子戸の向こう――庭へ眼をやった。

昨夜の雨と風が嘘《うそ》であったかのように、空はからりと晴れ渡り、明るい陽光が庭に注いでいる。

軒下から見あげれば、その先に青い空が見えている。吹いてくる風に、いつにない熱気がある。

どうやら、梅雨が明けてしまったらしい。

「困ったな……」

吉右衛門は、ぼりぼりと頭を掻《か》いた。

「昨日の雨で、鰻《うなぎ》が動き出したことであろう。鱸《すずき》も海からあがってきたろうなあ――」

思案げに、吉右衛門は首を傾けた。

「今日は、大川に釣りにでもゆくか」

吉右衛門のその言葉に、わあっと、子供たちの歓声があがった。

そこへやってきたのが、千代であった。

千代は、眼を赤く泣きはらして、吉右衛門の前に立った。

「どうしたのだね、今日はいつもより早いのではないか――」

吉右衛門が言うと、それには答えず、

「お雪ちゃんが、お雪ちゃんが……」

そう言った途端、袖《そで》で顔を覆《おお》い、わっと声をあげて泣き出した。

「どうしたのだ、お雪ちゃんがどうかしたのかね」

吉右衛門が問えば、

「死んじゃったの。いいえ、殺されたのよ」

袖の間から、千代は言った。

「待て、千代」

吉右衛門は、千代がしゃべろうとするのを止めて、

「釣りはやめじゃ」

子供たちに声をかけた。

「しばらく好きにせよ」

千代の肩に手を置いて、

「話を聴こう」

別間へうながした。

吉右衛門の家は、玄関と台所の他に、四間がある。

うち、ひと間を、客間兼寝間として使っている。そこは吉右衛門自身の普段使いの部屋としても使われている。床の間もあり、病葉十三《わくらばじゅうぞう》などが訪ねてきたおりなどは、ここで会う。

もうひとつが、今、子供たちが手習いに使っている手習いの間で、ここは十六畳の広さがある。

もうひとつは、普段は使わない茶室である。

四部屋目が、さっきまで吉右衛門がこもっていたからくり部屋だ。ここは、いつも鍵《かぎ》が掛けられていて、子供たちも勝手に入ることができない。

今しがた、吉右衛門が出てきたおりも、きちんと鍵を掛けている。

これが、子供たちにとっては謎《なぞ》の部屋であった。

「この中に入ってはいけないよ」

吉右衛門の手習い塾に入る時に、子供たちには、それを約束させている。

「触れると危ないものもある。ちょうどよい塩梅《あんばい》にしておいたものが、おまえたちが触れることによって、別なものに変じてしまうことだってある……」

「なんだよう、ケチ。見せてくれたっていいじゃあねえか」

甚太郎をはじめとする子供たちは、興味津々で、中を見たがるのだが、戸にどういう仕掛けがあるのか、吉右衛門が戸を閉めると、子供たちが開けようとしても開くことがない。

「駄目じゃ、鍵を掛けておいたからな」

と、吉右衛門は言う。

吉右衛門が、戸の開け閉めをする時に中を覗《のぞ》こうとしても、戸のすぐ向こうに衝立《ついたて》があり、そこより先を覗くことはできないのである。

明りとりの窓が天井にいくつかあるのだが、屋根に登らねば、そこからは覗けないし、それも、使われない時にはどういうからくりがあるのか、閉められていることが多い。

壁にひとつだけ窓があるが、そこには格子が入っており、その内側に雨戸があり、さらにその内側が障子窓になっていて、そこからも中は覗けないようになっているのである。

家の裏手の庭に出ることのできる戸があるが、そこは、基本的にいつも閉められているので、そこからも中は覗けないのである。ちょうど、風車のある真下が、このからくり部屋になっていて、中からは、ごとりごとりという何かの回る音や、しゃらりしゃらりという、やはり何かが回る音が聴こえてきたりする。

子供たちにとっては好奇心がいよいよかきたてられる秘密の部屋なのである。

吉右衛門が千代をうながした別間は、母屋から、離れのように繋がっている、茶室であった。

「なんだよう、お雪ねえちゃんがどうしたんだよう」

不満そうな声をあげる甚太郎の眼の前で、ぴしゃりと障子戸が閉じられた。

四

最初にそれに気がついたのは、使用人の佐介《さすけ》とお松《まつ》という夫婦ものであった。

ふたりは、浅草にある鼈甲《べっこう》屋岡田屋の近くに住んでいて、朝晩、岡田屋に通って、そこで食事の仕度をするのが仕事である。食事を作り、岡田屋で自分たちの食事を済ませた後、掃除と洗濯をして、いったん家にもどり、また、夕餉《ゆうげ》の仕度に通ってくる。夕餉の仕度が終れば、そのまま家にもどって、自分たちの家で夕餉をとる。

いつも、ふたりが朝早くやってくる時には、手代の宗吉が、裏の木戸を開けておいてくれるので、そこから中に入る。

今朝も、早朝に木戸から中に入った。

しかし、おかしいことに、すぐに気がついた。

いつもは開いているはずの雨戸が、まだ閉められたままであったのである。

昨夜は、大雨が降り、天が荒れに荒れたが、まだ暗いうちに雨は止んでおり、雨戸を閉めておく理由がない。

もうひとつ、おかしかったのは、母屋、というより、屋敷全体に人の気配がなかったことである。

常のことであれば、佐介とお松がやってくる頃には、もう、主人の伊左衛門《いざえもん》もその妻のお芳《よし》も起き出しており、竈《かまど》に火が入って煙があがっていてもおかしくない。

しかし、それがないのである。

そこで、佐介たちは気がついた。

いつもであれば、十人に余る人数がいるこの屋敷の中に、今日は六人しかいないということを。

岡田屋に暖簾《のれん》分けをしてくれた、日本橋の渡辺屋に人寄せをすることがあって、何人かがその手伝いに、昨日から出ているのである。

しかし、それにしても、雨戸が閉まったままであるというのがおかしい。

ぐるりと母屋をまわってみたら、雨戸が一枚はずれているところがあった。

いやな予感がした。

おそるおそる、その雨戸がはずれたところから中へ入ってみたら、

「あひゃああっ」

いきなりお松が高い悲鳴をあげた。

「お、おまえさん、あ、あれっ」

お松が、がくがくと膝《ひざ》を震わせながら指差す方を見れば、台所の土間に、ぼうっと白いものが見えている。

女の、生白い足と、尻であった。

岡田屋の娘のお雪であった。

お雪は、つんのめるように胸から下を土間に落とし、全裸で事切れていた。

床と土間に、血が広がっていた。

近づいて、屍体《したい》がお雪であることを確認した佐介は、固まりかけた血の上に、ぬちゃり、と足をのせ、

「どぶええっ」

声をあげてつんのめった。

顔から血のりの上に倒れ込み、そこで、顔をさらに滑らせ、

「あばばばば」

手をついて立ちあがろうとしたが、その手が滑った。のたうつようにして起きあがった時には、全身が血まみれになっていた。

そのまま、佐介とお松は外へ飛び出し、人を呼んで番所に走らせた。

駆けつけた役人が、岡田屋の中に入って調べたところ、屍体は五つあった。

主人の伊左衛門、その妻のお芳、番頭の善次郎《ぜんじろう》、手代の五十吉《いそきち》、そして、佐介たちが見つけた、岡田屋の娘のお雪。

このうち、お雪と伊左衛門、善次郎の三人は、ほぼ即死。残りの五十吉とお芳は、しばらく生きていたらしく、這《は》ったと思われる血の跡や、のたうちまわったためについたと考えられる血の跡が、屍体の周囲についていた。

布団の上で、寝ている時に刺されたと考えられる屍体もあり、その布団は血を吸ってずくずくとなり重くなっていた。

ただ、この屋敷にいるはずの、手代の宗吉の屍体がない。

佐介も、宗吉が残るというのは、昨日耳にしたことであり、残っているのを確認したわ

けではない。

残っていたのなら、どこかへ逃げたか、押し入った盗賊たちに、連れ去られたか。

そのうちに、知らせを聞いてもどってきた岡田屋の者たちから事情を聴くことができた。

その話によると、手代の宗吉は、確かに岡田屋に残ったはずだというのである。

宗吉の行方がわからない。

逃げたのなら、番所に駆けつけるか、もう、岡田屋へもどってきてもいいはずであった。

岡田屋の者たちが確認したところによれば、金蔵に置いていた金、千両と、それから伊左衛門が寝間に置いていたはずの二百両余りの金がなくなっているという。

「不知火《しらぬい》の一味の仕業《しわざ》ではないか――」

そう言ったのは、火附盗賊改《ひつけとうぞくあらため》の赤井越前守忠晶《あかいえちぜんのかみただあきら》であった。

火附盗賊改は、すでに三年前から代がかわって、この赤井が務めている。

赤井がそう言ったのは、全裸で死んでいたお雪の屍体を検分していた時であった。

「この喉《のど》の傷、不知火の一味の中にいる平吉という男が、人を殺す時の手口に似ておる」

というのである。

喉に、鋭利な鋏《はさみ》と思われるものを刺し込み、頸動脈《けいどうみゃく》を切る。

その傷口に似ているというのである。

「もしも、不知火の一味の仕業なら、姿の見えない宗吉は、おそらく一味の仲間であったのではないか」

不知火の一味の手口として、襲う店《たな》を決めたら、何年も前に、あらかじめ、そこへ仲間の者を潜り込ませる。

使用人や、その店へ足繁く出入りする人間となって、屋敷のことを調べ、ちょうどよいころあいを見て決行日を決め、中に入っている者が、仲間を手引きする。

普段は、つなぎの者を通じて、店の情報を、外にいる仲間の者に連絡する。

昨夜は、あらかじめ、岡田屋に人の少ないことがわかっていた。それで、昨夜が決行日と決められたのであろう――そういうことであった。

ちょうど、そういう時に、千代は、岡田屋にお雪を訪ねたのである。

五

茶室で、千代は、時おり涙を指先でぬぐいながら、語った。

「もう、じきにお輿入れだっていう時に、お雪ちゃん……」

ちょうど、十日前に、お雪から頼まれていた、茶運び猿の二兵衛ができあがった。一兵衛とは違う動きをするが、顔は一兵衛に似せてある。

それを、吉右衛門は、千代に預けたのである。

「すごく喜んでたよ、お雪ちゃん」

　吉右衛門が作ったばかりの茶運び猿の二兵衛を千代が持っていった時、お雪は、悦《よろこ》びの声をあげたという。

「ねえ、でも、お礼はいったい幾ら用意すればいいのかしら。高いんでしょう」

「お金は、いらないって。お雪ちゃんが幸せになってくれる、それがお礼だからって――」

　千代がそのことを伝えると、お雪は涙ぐんだという。

　今朝は、輿入れ直前のお雪の顔を見ておこうと、千代は岡田屋まで足を運び、そこで、昨夜の惨劇を知ったというのである。

「あの、手代の宗吉ってえのが、不知火の仲間らしいんだって？」

「そう言ってた」

「あいつが……」

　どこか、ぬめりとした顔つきの男であった。

　笑っても、一応笑みとわかるものの笑っているとは思えなかった。まるで、蜥蜴《とかげ》か魚が笑ったら、そういう顔つきになるであろうという、そんな笑みであった。

「たまらねえなあ、お千代よう……」

　つぶやいた吉右衛門の象の眼から、大粒の涙がほろりとこぼれていた。

「ちくしょう。仇を討てるものなら、このおれが討ってやりてえなあ」

ほろほろと、吉右衛門の眼から涙が溢《あふ》れ出していた。

それを見た千代が、

「うっ」

と声を詰まらせて、袖で顔を覆った。

巻の六　宝探し

一

庭で、吉右衛門が、髪を切られている。

欅《けやき》の樹《き》の下にできた木陰の中に縁台を出して、上半身裸になった吉右衛門が、それへ座している。その背後から、三十代半ばと見える男が、吉右衛門の癖《くせ》のある髪をつまんでは切っているのである。

吉右衛門は、癖っ毛である。

しかも、髷《まげ》を結っていない。傍若無人に伸ばした髪の一部を、頭の後ろでちょいと結んであるだけだ。髷と言えるようなしろものではない。

「もっときちんとしなきゃあ駄目じゃあないの」

いつも、千代にそう言われているのである。

「うん、わかった」

言われれば、そう答えはするものの、きちんとしたためしはない。

この日は、千代が、髪結いの男を連れてきたのである。

「つい、そこで会ったのよ」

と千代は言った。

「髪結いの新三郎と申します」

男は、吉右衛門に向かって、丁寧《ていねい》に頭を下げた。

眼元の涼しい、白面《しろおもて》の顔に、柔和な笑みが浮かんでいる。

「近くでお仕事をすませたばかりで、この後は夕方まで空いているっていうから、来ていただきました」

「何のためだね」

「先生の髪をなんとかしていただくためです――」

「わたしの髪？」

「ずっと伸ばしっ放しで、暑い暑いって、このところ、いつも言ってたでしょう」

夏だというのに、吉右衛門は髪を伸ばしたままで、見ただけでも暑苦しい。

「たしかに言ってたが――」

「髪を切って、髷を結い、月代《さかやき》を剃《そ》ってすっきりすれば涼しくなるわ」

「ま、待て――」

「待てません」

「いや、しかし――」

必死で逃げて、ようやく吉右衛門は、髪を短くすることだけを承諾《しょうだく》したのである。

新三郎は、吉右衛門の髪をうち眺め、

「家《うち》ん中よりは、外の方がいいでしょう」

そう言った。

それで、縁台を木陰に出し、そこで髪を切ることにしたのである。

切られた髪が、吉右衛門の周囲に落ちて溜《たま》ってゆく。

頭上からは、しきりに蟬《せみ》の声が降ってくる。

母屋の横に組んだ竹に、朝顔のつるがからみつき、竹を登りきったところで、もはやからむものがなくなったつるの先が、風に揺れている。赤と紫の朝顔の花が、陽《ひ》を受けて、いくつもしおれかけている。

「それにしても、てえへんなことでございましたね」

話題は、自然に、十日前のことになった。

「あたしは、あすこの旦那にゃあ可愛《かわい》がられてたんで、話を耳にいたしました時にゃびっくりいたしました」

新三郎があすこと言っているのは、岡田屋のことである。

「おかみさんの髪をいじらせていただいてたんですが、お雪ちゃん――娘さんの髪も、何度かやらせていただきました――」

新三郎は、岡田屋にちょくちょく出入りをしていた髪結いで、千代と顔見知りになったのも岡田屋である。

そこで、吉右衛門は、あることを思い出していた。

「新三郎さん――」

吉右衛門が声をかけると、

「堀河様、それはいけません。あたしのお客様なんですから、新三郎と呼んでおくんなさいな」

新三郎が、照れたような声で言った。

「いや、ひとつ、訊《たず》ねたいことがあったのだ――」

「へえ、何でしょう」

「おまえさん、しばらく前に、黒い犬に尾行《つ》けられていたことがあったんだって?」

一瞬、きょとんとして、手の動きを止めてしまった新三郎であったが、

「へえ、ありましたありました。吉原からの帰りでしたよ。一頭の黒い犬が、ずっとあたしの後を尾行けてきたことがありやしてね。三日ほども続いたでしょうかね。ある時、急

にぱったりいなくなって、それっきりでした——」

「何か、心当りは？」

「心当り？」

「うまく言えぬのだが、その、犬に尾行けられるような覚えというか……」

問う吉右衛門の方も、何をどう問うたらよいのかわかって問うているのではない。

「どのような覚えでござりましょう」

「たとえば……何か、その犬に盗《と》られたというか、あるいは、盗られそうになったということは——」

大久保安治郎は剣を盗られ、正吉が盗られたのは饅頭《まんじゅう》である。賭場《とば》からは金が盗られている。

盗られてないのは、髪結いの新三郎だけだ。だから、もしかしたら、新三郎自身が気づかぬうちに、何か盗られているのではないかと吉右衛門は考えたのである。

「いいえ、何も盗られてはおりません」

「そうか」

「しかし、堀河様、どうしてわたしが黒い犬に尾行けられていたことを御存知なのですか——」

「知りあいのな、病葉十三《わくらばじゅうぞう》というのから、聴いたのだ」

「十三は、岡田屋さんのお雪と知りあいでな。岡田屋に出向いたおり、お雪から聴いたということであった」

「病葉様?」

「ああ、そう言えば、おかみさんの髪を結ってる時に、この話をいたしました。その時、お雪さんも近くにおりましたっけ——」

「まあ、そういうことだ」

「しかし、その黒い犬が何か?」

「いや、よいのだ。忘れてくれ」

吉右衛門は言った。

「それにしても、不知火《しらぬい》の一味が、どこへどう逃げたのか、まだ、何もわかっていないんでしょう?」

千代が眉《まゆ》をひそめて言った。

「ほんとに、ぶっそうな世の中でございます……」

新三郎は、吉右衛門の髪をはらいながら言った。

「さあ、すみましたよ」

吉右衛門の髪は、すっかり短くなった。

その足元に、切られた髪がたくさん落ちているが、吉右衛門の肩から背、胸にかけても、切られた髪が、汗で張りついている。

立ちあがった吉右衛門の身体から、汗と一緒にその張りついた髪を、千代が手ぬぐいでぬぐっている。

「いや、こうして見ていると……」

新三郎が、ふたりを眺めながらつぶやいた。

「見ていると、何なのよ」

千代が言う。

「いや、見ていると、その、お仲のよろしい御夫婦のようで……」

「馬鹿、何言ってんのよ、新さん」

平手で、千代が吉右衛門の背を叩《たた》いた。

思いがけなく力がこもっていて、いい音が響いた。

「おい、痛いぞ。千代――」

吉右衛門が言うのへ、

「こいつはとんだ御馳走《ごちそう》さまで――」

新三郎が、縁台の上に置いてあった道具箱を、持ちあげた。

「ちょっと待って、新さん」

千代が、懐へ手を入れたのを見て、

「いや、お代はいりやせん。髪を結ったわけじゃあねえ、切っただけだ。お世話になった岡田屋さんの話ができて、これも御供養だ。これで失礼いたしますよ」

新三郎は、頭を下げ、そのまま行ってしまった。

新三郎と、入れかわるように姿を現わしたのが、病葉十三であった。まだ、吉右衛門が、欅の木陰にいるうちのことであった。

十三は、ひとりの、眼つきの鋭い若者を連れていた。

二

「先《せん》に話しましたが、長谷川鉄三郎《てつさぶろう》です――」

十三がそう言ったのは、吉右衛門の家にあがってからだ。

「長谷川鉄三郎と申します」

鉄三郎は、両手を膝《ひざ》に乗せて、小さく頭を下げた。

その眸《め》が、抜き身の刃物のような光を放っている。吉右衛門を、その視線が鋭くさぐっているのがわかる。

「あんた、強え《こえ》眸をしているねえ」

吉右衛門は言った。

「やばい連中の間じゃあ、本所の銕で通ってる。いつも危ない場所ぎりぎりのところを歩いてる奴ですよ」

十三が銕三郎の肩を叩いた。

「長谷川様の息子さんだと聴いてるが――」

吉右衛門が言うと、

「へえ」

と、低い声で銕三郎はうなずいた。

「二年ほど、わたしの道場で、剣を教えていたのです。荒っぽいが、剣の筋はいい。道場ならわたしが勝つでしょうが、真剣でやりあったら、ちょいと怖い相手です」

「十三がそう言うんなら、かなり腕がたつんだろう」

「あたしのは、剣法なんてもんじゃあありやせん。刃物を持ったただの喧嘩《けんか》で――」

やはり、低い声で、銕三郎が言う。

「ところで、十三、今日は何の用なのだ」

吉右衛門が問うた。

「ちょっと、耳に入れておきたいことがあったのです」

「何だ」

「昨日、大川で、土左衛門があがりました」

「土左衛門？」

「猪牙舟《ちょきぶね》をやってた、左吉《さきち》というのが、佃島《つくだじま》の少し上で、潮のさかい目に、屍体《したい》を見つけたというのですよ」

「屍体？」

「この鋳三郎の博打《ばくち》仲間で、ころばしの仙吉《せんきち》という、性《たち》のよくない若いのです」

「釣りでもやってて、川にはまったのかい」

「殺されたのです」

「殺された？」

「ええ」

「しかし、どうして、その仙吉ってえやつのことを、わざわざこのおれに言いに来たのだ——」

「この仙吉、普通の死に方じゃあなかったのですよ——」

「どんな死に様だったんだい」

「ここのところです」

十三は、右手の人差し指で、自らの首のあたりを横へ撫《な》でてみせた。

「ここ!?」

「頸《くび》の中に、刃物を突っ込まれ、頸動脈《けいどうみゃく》を切られたんです」

「それじゃあ、お雪ちゃんと——」

「おなじ殺し方です」

「不知火の……」

「ええ」

「しかし、どうしてまた——」

吉右衛門は、途中まで言って、後の言葉を呑《の》み込んだ。

不知火の一味の誰かが、何かの理由があって、ころばしの仙吉を殺した——それはわかるが、それを伝えるのに、十三がどうして、わざわざ長谷川錬三郎をともなってきたのか。

「そのころばしの仙吉ってえのが、殺される前《めえ》に、このあたしと会っていたからでさ」

錬三郎は言った。

身なり、眼つき、話しかた——とても、加役までつとめた家の息子とは思えない。

「ころばしの仙吉、女を見つけちゃあ、さんざ弄《もてあそ》び、飽きたところで売り飛ばす——そういう奴で——」

「それで——」

「二日前の昼過ぎ、深川八幡のあたりをうろついていたら、この仙吉に出会いまして——」

錬三郎が、ぼそりぼそりと、その時のことを語り始めた。

三

先に声をかけたのは、銕三郎であった。

「おい、仙吉、珍しいな」

声を頭の後ろへぶつけると、振り返った仙吉が、

「おう、銕つぁん。久しぶりだ。ちょうどいいところで出会った。昔馴染《なじ》みを捜してたとこだったんだ」

そう言った。

「なんでえ、話でもあるのかい」

「話ってえほどのもんじゃあねえ。ちょいと懐具合がいいんでよ。一杯《いっぺえ》ひっかけようと思ってたんだが、ひとりじゃあつまらねえ。それで、知った顔と出会わねえかと、この界隈《かいわい》をうろついてたとこだったのさ」

そういう話であった。

「なら、おめえの奢《おご》りだ」

銕三郎がそう言って、ふたりが潜り込んだのが、深川の〝ひょっ処《とこ》〟という泥鰌《どじょう》を鍋にして食わせる店であった。

二階の座敷へ上った。

障子窓を開け放してあるので、いい風が入り込んでくる。

一杯やりながら時を過ごしていれば、鍋をつつく頃には、陽も沈みかけて、そこそこしのぎやすくなるはずであった。

二杯、三杯と互いにやってから、

「大《でえ》ぶ景気がいいようだなあ、仙吉——」

鋏三郎が問うた。

「思わぬ仕事が入《へえ》ったんだよう」

杯の酒を、ひと息に乾《ほ》して、仙吉が言った。

「何でえ、その仕事ってのは——」

「だから、いい仕事だよう」

「おいおい、だからその仕事がどんな仕事かとこっちは訊《き》いてるんじゃあねえか」

「いやいや、おれも、実は言いてえのさ。言いてえんだが言えねえ」

「何故、言えねえ」

「前金で、一両ばっかり、もういただいちまってるんだよう。口止めされてるんだ」

「いいじゃあねえか。言やあいい。ここにゃあ、おれの他に誰もいねえんだ。おれが黙ってりゃあ、他に知る奴はいねえ」

言え、言わぬのやりとりをしているうちに、

「しかたねえ、言うよ」

仙吉がそう言ったのは、説得されたからではなく、酒がまわったからであった。

「鋲つぁんだから言うんだ。いいかい、こりゃあ、他の者にはこれっぱかりも言っちゃあいけねえよ」

「わかってるよ、おれの口の堅《かて》えのは承知だろう」

「わかった」

仙吉はうなずき、いきなり声をひそめ、

「それがよう、お宝探しなんだよう」

そうつぶやいたのであった。

「なんでえ、そのお宝ってえのは？」

つられて、鋲三郎の声までもが小さくなった。

「なんだと思う？」

「仙公、おめえ、おれにむかって謎《なぞ》かけしようってのか――」

「もったいぶるわけじゃあねえが、もう一杯《いっぺえ》注いでくんねえかい、鋲つぁん。そしたら言うから――」

「わかった」

　鋏三郎が、仙吉の杯に酒を注いでやると、それをうまそうに乾して、

「ま、おいらの見るところ、そりゃあ黄金だな――」

「黄金!?」

「そうだ」

「見るところって、そりゃあ仙吉、おめえが考《かんげ》えてるってえことで、実際は知らねえって言ってるのとおんなじじゃあねえか」

「知らねえのたあ違わい。おいらが考《かんげ》えてることにゃあ考えてることだが、でたらめに考えてるわけじゃあねえ」

「なに」

「それなりのことがあって、考えてるわけだからよ」

「言ってみろ」

「鋏つぁん、待ってくれ、もう一杯《いっぺえ》だ」

　仙吉は、手酌で酒を杯に注ぎ、また、それを乾した。

　口を拳《こぶし》でぬぐって、

「誰かが、いい金《かね》を出して、人を集めてるってえ話を耳にしたなあ、三日前《めえ》のことだよ」

「どっかの口入れ屋から聴き込んだのかい」

「そうじゃあねえ。おいらたちのような、やべえ稼業に両足を突っ込んでる人間のとこだ

けに流れてきた話だ」

「誰から聴いた？」

「名前《なめえ》は言えねえや、似たような稼業なんだからよ。仁義ってえもんがあらあ」

「どんな話なんだ」

「十日かかるか、半月かかるか、そりゃあわからねえが、まあ、ひと月はかかるめえってえことだったな」

「だから、どんな話なんでえ」

「穴掘りだよ」

「穴掘り？」

「穴を掘って、何かを見つけ出すってえことらしい。準備ができたら知らせるから、この半月ほどは、居場所をはっきりさせとけってえ話だった。で、もらえる金が、一日一両。十日かかりゃ十両ってえ寸法だ。手つけでもらった金が一両。声がかかるまで、待ってる分のお手あてだよ。ついでに、余計なこたあ、他人《ひと》に言うなってえことだったから、口止め料でもあるってえわけだ——」

「それだけかい」

「まあ、承知したってえことでもどってきたんだが、ただ待ってるってのが、これがどうもなかなかてえくつでね、外へ出てきたってえわけだ」

「黄金の話はどうなったんだ」

「そりゃあ、これからだ」

仙吉は、銚釐《ちろり》から、自分の杯に酒を注いで、その杯を手にとった。

この時に、下から七輪と鍋が運ばれてきて、七輪の上に泥鰌の入った鍋がのせられた。

この間に、仙吉はさらに一杯を飲み、銕三郎もまた杯を乾している。それで、銚釐が空になった。運ばれてきた新しい銚釐から、あらたに酒を注いで、

「なら、話の続きだ」

仙吉は言った。

銕三郎と仙吉の間に、七輪が置かれ、その上で鍋が煮えている。その湯気の中へ顔を突っ込むように身をのり出してきて、

「銕つぁん、おいら、聴いちまったのさ」

仙吉は言った。

「何をだい」

「場所は言えねえ。けど、言っときゃあ、まあ、こんな気の利いたもんを喰わせるとこだったってえことだよ。話が済んで、おいらだけ下へ降りかけて、途中で煙管《きせる》を忘れたのに気がついて、上へあがっていったら声が聴こえてきたんだよう」

「声？」

「こうさ」

仙吉は、口真似《くちまね》するように唇を尖《とが》らせ、

――あいつ、だいじょうぶなのかい。

女の声音《こわね》で言った。

――でえじょうぶだろう。

――口が軽そうだよ。

――しゃべったところで、でえじなところはまだ、教えちゃあいねえんだ。

――何しろ、天海様のお宝を掘り出そうってえ話だからねえ。

「おい、仙吉。そりゃあ、おめえの相手をしたのは、ひとりじゃあなくふたりいて、しかも、ひとりは女だったたってえことだろう――」

鋏三郎に言われ、

「いけねえ。ついうっかりだ。忘れてくんなよ、鋏つぁん」

「確かに、おめえは、口が軽い」

「そんなこたあない。今だって、でえじなところは言わねえようにしてるんだ。そんなに言うんなら、もう話さねえぞ」

「まあいいや。それよりも、女が口にしたんだな。〝天海様のお宝を掘り出そう〟って――」

「言った、言った」

「で、その後は？」

「後？」

「その後、どんな話が出たのかってえ、ことだよう」

「出ねえよ」

「出ねえ？」

「それで終《しま》いさ」

「何故だい」

「おいらの気配が伝わったんだろう。急に、ふたりが、そこで話すのをやめたんだよう」

「へえ」

「あっちが、声をかけてくるよりゃあ、こっちが先だ。知られたと思って、すかさず階段の最後の一段、二段を、音をたててあがって――」

――すいやせん、仙吉で。どうやら煙管をそこへ忘れてきちまったようでとりにめえりやした。

「こう、襖《ふすま》ごしに言ったら、襖が開いて、女が手に持った煙管を突き出してよこしゃあがったんで、それをいただいて、そのまんまそこを後にしてきたってえわけなのさ、銕つぁんよう――」

「そういうことかい」

鋏三郎は言った。

この時には、もう、煮えた泥鰌を、ふたりは箸《はし》で突っついて食べている。

「なあ、鋏つぁん、なかなかおもしろそうな話だろう」

そう言って、箸でつまんだ泥鰌を口に放り込もうとしていた仙吉が、途中で箸の動きを止めていた。

その眼が、横の、開けた障子窓の方に向いている。

「て、鋏つぁん。あ、あれ――」

仙吉の握っている箸の先から、泥鰌が畳の上に落ちた。

鋏三郎が、そちらへ顔を向けると、そこにぎょっとするような光景があった。

窓の縁《へり》に両の前肢《まえあし》をのせて、犬が、中を覗《のぞ》き込んでいたのである。

一階ではない。二階の窓だ。そこから、どうやって、犬が家の中を覗くことができるのか。

「い、犬!?」

仙吉が声をあげた。

漆黒《しっこく》の犬であった。

口からだらりと伸びた赤い舌が、てろてろと動き、黄色い眼が、仙吉を睨《にら》んでいた。

鋏三郎が、それを見ていたのは、それほど長い時間ではない。鋏三郎が、犬と顔を合わせたそのすぐ後、

ふっ、

と犬の顔が窓から消えた。

鋏三郎と仙吉が窓に駆け寄って、そこから外を覗いたが、もう、犬はどこにもいない。

窓の下の通りを歩く人の流れが見えるだけだ。

「こいつか」

鋏三郎は、窓のすぐ下を見やりながら言った。

窓のすぐ下、そこから庇《ひさし》が出ている。犬は、その庇の上にのって、二本の後肢で立ち、前肢を窓の縁にかけ、中を覗き込んでいたらしい。しかし、それにしても、どうやって、その庇の上まで、犬が登ることができたのか。

「仙吉、おめえの知っている犬か!?」

「知らねえ。はじめて見る犬だ。鋏つぁんこそどうなんでえ」

「はじめて見る犬だ――そう言いてえところだが……」

「違うのかい」

「先《せん》に見たことのある犬かもしれねえ」

四

「その後、あれこれつまらねえ話で時を潰《つぶ》して、仙吉たあ別れたんですが……」

吉右衛門に向かって、銕三郎は言った。

その翌日——つまり、昨日、大川に仙吉の屍体が浮いたというのである。

「普通に考えれば、仙吉がしゃべり過ぎたので、穴掘りを頼んだ連中が、見せしめだか口封じだかで殺したということでしょう」

十三が言った。

「しかし、十三。それは、仙吉に穴掘りを頼んだ連中が、不知火の一味で、その黒い犬も不知火の一味と関係があると言っていることになる」

吉右衛門は言った。

「そう言っています」

「黒い犬が、仙吉と銕三郎の話を立ち聴きして、それを、不知火の連中に報告したということか——」

「そういうことになるでしょうか」

「それは、つまり、犬が、人の言葉を理解できると言っていることになるよ」

「これまで、わたしが耳にしてきた話では、その黒い犬は、木の上に登り、人の言葉をしゃべったということです。その犬なら、庇の上に登り、銕三郎と仙吉の話を立ち聴きするくらいのことはするでしょう」

十三の言うことは、筋が通っている。通ってはいるが、それは、犬がしゃべって、犬が人の言葉を理解できるという、そういう前提があってのことだ。そんなことが、あるというのか。

「その犬だがね、銕三郎さん、あんたが浅草の奥山で見たってえあの黒い犬と同じ犬だったのかい」

「同じだと、はっきり言えるもんじゃあねえが、わたしは同じ犬であったと思っております」

「同じ犬と考《かんげ》えて、いいんだろうねえ」

「へえ」

「で、昨日浮いたってえ仙吉の話なんだが、何者かが、天海様のお宝を掘り出そうとしてるってえことだったたっけね」

「わたしは、仙吉からそのように聴きましたが――」

「天海と言えば、それはあの天海大僧正《だいそうじょう》のことだろう」

吉右衛門がつぶやけば、

「権現様《ごんげんさま》を、東照宮に祀《まつ》られた南光坊天海様のことでしょう」

十三が言った。

南光坊天海——慈眼大師《じげんだいし》のことである。

五

南光坊天海という奇っ怪なる僧の生年については諸説あって、数えられるだけでも十二を超える。

一般に信じられている説によれば、天文《てんぶん》五年（一五三六）に誕生したことになっており、知られる如くに寛永《かんえい》二十年（一六四三）十月二日に亡くなったとすると、死んだ時に百八歳であったことになる。

永正《えいしょう》六年（一五〇九）の生まれとすれば、死んだ時はなんと百三十五歳であったことになる。

『東叡山開山慈眼大師縁起』には、

〝陸奥国《むつのくに》会津郡高田の郷にて給ひ。蘆名修理《あしなしゅり》太夫盛高の一ぞく〟

とある。

しかし、同じ書に、

〝俗氏の事人のとひしかど、氏姓も行年わすれていさ知らず〟

ともあって、天海自身は己の出自については、ほとんど他人に語ったことがなかった。

このことから、天海の正体については、実は明智光秀の後の姿であるとする説や、足利将軍落胤説《らくいんせつ》まであって、いずれが正説か判じ難い。

天文五年の生まれとすれば、豊臣秀吉と同じ年の生まれであり、一説によれば、生まれた月生まれた日までが同じと言われている。

天海、その生誕の逸話からして、奇怪である。

そもそも、母親が子を授からないのを嘆いて月に祈ったところ、その夜の夢に奇花を呑むのを見、天海を身籠《みご》もったというのである。

次なる伝説も怪しい。

父と母が、天海に産湯をつかわせるため、桶《おけ》に水を汲《く》もうとした時、なんと水中よりその桶の中に巨大なる鯉《こい》が飛び込んできたというのである。これがいつものことであれば、捕えて食べてしまうところなのだが、

「我が子が生まれたばかりのおりじゃ。無益な殺生はつつしむがよかろう」

と、これを水に放してしまった。

これを、祝の席に呼ばれた学者のひとりが聴いて、

「なんともったいない。もしもその鯉を捕えて喰わせれば、この子は天下の主《あるじ》となるべきところであったのだ。しかし、鯉を逃がしたとあっては、その果報も逃げてしまったことになる。この上は、この子は、僧にでもするしかあるまいよ」

このように言ったというのである。

天海が僧になったのは、この鯉の一件があったからということになっている。

天海は、安土桃山時代から戦国時代を生きぬいて、江戸時代まで生きた。

下野国《しもつけのくに》の粉河寺《こかわでら》で天台教学を学び、比叡山延暦寺、三井寺《みいでら》、興福寺に学んだが、織田信長の叡山焼き打ちに遭って、武田信玄に呼ばれて甲斐国《かいのくに》に住んだとも言われている。

川中島の合戦では、信玄と上杉謙信の一騎打ちを、その眼で見たとも言われている。

「その戦いはまた、実に凄《すさ》まじいものであったよ」

天海がそう言ったという書もあるが、そんなことなどあるわけはなかろう、という説もある。

いずれにしろ、天海という僧の持つ怪しい磁場が作った伝説ではある。

この天海、すでに紹介した史料により、三浦一族である蘆名氏の出であると考えられて

いることは、すでに書いたが、この出自も、実は曖昧《あいまい》である。天海の使った家紋は、〝丸に二引き両〟と〝三宅輪宝《みやけりんぽう》〟であるが、蘆名氏の家紋は、〝丸に三引き両〟である。これは、いったいどういうわけか。

理由のひとつに、天海のもちいた家紋がある。

天海がもちいた〝丸に二引き両〟は足利氏のものであり、日光にある天海の墓の前に立つ鳥居に彫られている家紋もこの〝丸に二引き両〟である。これは、噂《うわさ》される天海の〝足利将軍落胤説〟を裏づけするものである。また、〝三宅輪宝〟は、三河国の三宅氏の家紋だ。

天海の正体、家紋からは見えにくい。

天海の足取りとして確かと思われるのは、天正《てんしょう》十六年（一五八八）に、武蔵国無量寿寺北院に、上野国《こうづけのくに》の長楽寺から移ったことであり、また、この奇っ怪なる僧が、天海を号したのも、この時からである。徳川家康から秀忠、家光、三代の将軍に仕え、京に次ぐ巨大風水都市江戸の設計者でもあった。

慶長四年（一五九九）、六十四歳で北院の住職となり、慶長十二年（一六〇七）、比叡山の最高職である探題に就任し、南光坊《なんこうぼう》に住して延暦寺を再興。

慶長十七年（一六一二）、無量寿寺北院の寺号を喜多院と改め、関東天台の本山とした。

慶長十八年（一六一三）には、家康より日光山貫主《かんじゅ》を拝命している。

家康が、この天海にぞっこんであったことは、広く知られており、天海の法話を聴いた後、

「天海僧正こそは、人中にある仏菩薩《ぶつぼさつ》である。惜しむらくは、この仏に自分が相見《あいまみ》えることの遅かったことである」

このように嘆息したということである。

天海が、黒衣宰相《さいしょう》として、その権力をほしいままにするのは、家康の死後である。

家康が、七十五歳でこの世を去ったのは、元和《げんな》二年（一六一六）四月十七日であった。

その遺体は、駿州《すんしゅう》の久能山に安置され、京の神竜院梵舜《しんりゅういんぼんしゅん》が、吉田流唯一神道の様式にのっとって葬儀を行なったのだが、これに異議を申したてたのが天海であった。

「そもそも、大御所は、吉田流神道での葬儀など、望んではおられなかった」

天海はそう言い出したのである。

「我らは、大御所がその口で遺言するのをはっきり耳にした」

ここで、我らというのは、天海、本多正純《ほんだまさずみ》、金地院崇伝《こんちいんすうでん》のことである。

死の直前、家康が三人を枕元に呼んで、

「今後のことを頼む」

と、遺言したというのである。

「大御所の葬儀は、山王一実神道《さんのういちじつしんとう》でとり行なうべきである」

これは突然のもの言いであり、そもそも山王一実神道などというものは、天海が言い出すまで、この世に存在しなかった。存在したのは、天海のいた比叡山延暦寺で生まれた山王神道である。天海はこれに〝一実〟の二文字を加えたことになる。

山王とは何か。

山王というのは、山を守護する神霊のことだ。この場合は、比叡山の地主神たる大山《おおやま》咋神《くいのかみ》のことである。この神と天台宗とが結びついてできあがったのが山王神道である。

山王神道では、山王神は、実は釈迦《しゃか》の垂迹《すいじゃく》であるということになっている。山王神の実体は、釈迦であるという意だ。

〝山〟という字も〝王〟という字も、平行な三本の線と、それに合わさる一本の線でできあがっていることから、これを天台思想である〝三諦即一思想《さんたいそくいっ》〟と結びつけたのである。

天海の言い出した山王一実神道では、山王権現は大日如来《だいにちにょらい》であり、同時に天照大神《あまてらすおおみかみ》でもある。

一方、吉田神道を奉《ほう》ずる梵舜は、家康の神号を〝明神《みょうじん》〟とするべくこれを説いていたのだが、これにも天海は反対した。

「大御所の神号は、山王一実神道にのっとって、権現とすべきである」

と、天海は主張した。

ほとほと弱りはてた二代将軍秀忠は、天海に問うた。

「何故、明神ではのうて権現なのじゃ」

問われた天海は、

「殿は、豊国大明神を御存知でござりましょうや」

逆に秀忠に問うた。

「むろん知っておる。亡き太閤殿下、豊臣秀吉様の神号であろう」

秀忠は言った。

「豊臣とあらば、亡き家康様が滅ぼした家の名にござります。大御所の神号が滅んだ豊臣の主《あるじ》秀吉公の神号である明神と同じであるということは不吉でござりましょう――」

「なるほど、言われてみれば――」

こうして、家康は、天海の進言通り、あらためて、山王一実神道にもとづいて葬られることとなってしまったのである。

その儀式をとり行なったのは天海であり、家康の亡骸《なきがら》は、その後、日光東照宮に葬られた。

これらは、いずれも、天海のやったことである。

さらに寛永二年（一六二五）、天海は、江戸城の鬼門の方角――つまり艮《うしとら》（東北）の方角に、東叡山寛永寺を建立した。

これは、西の比叡山に対して、東の比叡山という意を含んでの東叡山であり、比叡山延暦寺の名が、その建てられた年の年号延暦にちなんでつけられたのと同様に、寛永年間に建てられたこの寺の名を、寛永寺としたのである。

これは、かなり、延暦寺を意識していると言っていい。

延暦寺が、京の内裏《だいり》のちょうど艮の方角にあって、都を守護しているが如く、天海は、寛永寺を、江戸の霊的な防衛の要《かなめ》として、江戸城の鬼門の方角に置いたのである。

六

「天海様のお宝か……」

吉右衛門は、あらぬ彼方《かなた》を見やるように、視線を宙にさまよわせてから、

「そんなものがあるのかね」

十三に眼をもどして問うた。

「あってもおかしくはないと、わたしも思うているのですが……」

十三は言った。

「ほう」

「大坂が落ちた時、あれほどあった豊臣の黄金が、ほとんどなくなっていたという不思議な話があります。ことによったら、天海様、そのようなお宝をどちらかに隠したというこ

とは、あるやもしれませぬ……」

「どれほどじゃ」

「わかりません。今話したことも実は噂で、どこまで真実味があるのかといえば、何とも言えません……」

十三が、小さく首を左右に振った時、縁側の板を踏む音がして、

「さあ、これでもどうぞ」

盆の上に、切ったばかりのまくわうりを載せて、千代が入ってきた。まくわうりの甘い匂《にお》いが、盆からたちのぼってくる。

「昨日、売りに来たのを買って、井戸で冷しておきました。よく冷えてますよ」

三人の眼の前に盆を置いた。

「せっかくじゃ、あっちの風通しのよい方で喰《く》おう」

吉右衛門が、盆を持って立ちあがり、縁側に出て、板の上に胡座《あぐら》をかいた。

「いただこう」

十三と、そして、鋏三郎も立ちあがり、縁側に胡座をかく。それぞれ、切ったまくわうりを手にして、食べはじめた。

「大川に浮かんだ仙吉のことだが――」

吉右衛門が、まくわうりを、音をたてて喰いながら言った。

「最後に見たのは誰なんだい？」

「あたしで――」

鋏三郎が、まくわうりの汁で濡《ぬ》れた口のまわりを拳《こぶし》でぬぐいながら言った。

「鋏つぁんでいいかね――」

と、吉右衛門は、鋏三郎の呼び方について本人にことわってから、

「――すると、鋏つぁんと別れてからすぐに、仙吉は殺されて大川に放りこまれたってえことだろう」

そう言った。

「だと思いやす」

「別れる時でも、飲んでる時でも、どこかへ行くとか、顔を出すところがあるとか、そんな話はしてなかったかい」

「おりやせん」

「ただ、仙吉だって、裏の道を歩いてる人間だ。そこそこ用心深いところはあるんだろう？」

「もちろん」

「歩いてるところを、いきなり後ろから突かれたり、斬《き》りつけられたりってえ傷じゃあないんだろう？」

「頸《くび》の傷が、ただひとつで、他に傷らしいものはないということです」

これは、十三が言った。

「ならば、顔見知りだな。仙吉も女子供じゃねえんだ。抵抗しているところへ、そんなにうまく、喉《のど》へひと突きってえわけにゃあ、なかなかいかねえよ。声をかけといて、油断したところへ、いきなりやったってえところだろう」

「ええ」

「仙吉が会ったってえ男と女か、前からの顔見知りか、いずれにしろ、仙吉の周囲を洗ってみることだろう。仙吉のところに、このお宝を掘り出す仕事を持ち込んだやつもいる。それから、仙吉が、お宝の話を耳にした小料理屋も、そこらの店をしらみつぶしにさがして歩きゃあ、わかるかもしれねえ。わかれば、男と女の人相も、ことによったら、ふたりの名前もわかるかもしれねえなア――」

「それについては、このことを知らせてくれた松本一之進が、手の者と手分けして聴き込みをするという話です――」

十三は、ほとんど歯形も残さずに食べ終えたまくわうりの皮を、盆の上にもどしながら言った。

「ならば、おいらたちは、このことについちゃあ、しばらく様子をうかがいながら、大人しくしてりゃあいいということだろう」

「そこなんですが――」

　と言ったのは、銕三郎であった。

「仙吉の顔見知りなら、何人か心当りがありやす。それに、仙吉の口振りからすりゃあ、似たような話をもちかけられた人間が、何人かいるようなんで、そういう人間を、捜してみます」

「銕つぁんが？」

「へえ。殺された仙吉は、穀潰《ごくつぶ》しだが、気の合った男で、酒と飯を奢《おご》られた後にあんな目にあったんだ。放っちゃあおけねえ。どうせ、他に何かとりたててやらにゃならねえことがあるわけでもねえ。それに、こいつは、お世話んなってる病葉先生お捜しの武蔵の一件とも関係があるらしい。心当りの幾つかを洗うくれえのことなら、いつでもやらせていただきやすよ」

　言い終えた銕三郎の眼が、ちらりと吉右衛門から奥へ動いた。

　座敷の奥から、金属光を放つ丸いものが、畳の上を動きながら、こっちへやってくるのが見える。

　何か――

　と思って見ていると、その丸いものの後ろに、黒い毛と尾が見えた。

「これ、悟空、何をしている」

吉右衛門が、立ちあがって、その丸いものに向かって近づき、それを持ちあげた。その下から出てきたのは、黒猫の悟空であった。

「これで、いたずらをしてはいかん」

吉右衛門は、そう言いながら、その丸いものを持ってもどってくると、もとのように縁側の板の上に座した。

「何です、それは――」

十三が、吉右衛門が両手に抱えているものを見て訊ねた。

「兜《かぶと》じゃ」

「兜?」

「これじゃ」

吉右衛門は、そう言って、手にしていたものを持ちあげて、それを頭に被《かぶ》った。

なるほど、そうやって頭に被ってみれば、まさしくそれは、兜であった。

被ると、額の途中から後頭部、耳までを覆う金属の兜だが、しかし、兜にしては飾りが少ない。鍬形《くわがた》もなく、吹返《ふきかえ》しも、裾金物《すそがなもの》もなく、ただ鉢《はち》の部分だけの兜のようであった。

「妙な兜じゃ……」

十三が言った。

「ゑれき兜じゃ」

「ゑれき兜？」

「おれが造った」

「なに!?」

「以前、おまえと〝気配〟の話をしたではないか、十三よ」

「あの話がどうかしましたか」

確かに、武蔵の一件で話をした時、十三と吉右衛門とは、〝気配〟の話をしている。

「これは、おまえの言う〝気配〟がどういうものかをさぐるため、おれが造ったものじゃ。それを、悟空が見つけて、被って遊んでおったのじゃな」

「〝気配〟をさぐるための兜と言いましたか」

「十三よ。ゑれきというのは、人の体内に存在するものであると、おれは思うている」

「ゑれき？」

「人が動く時、体内にゑれきが生ずる。いや、体内にゑれきが生ずると、人が動くのかもしれぬ」

「ほう!?」

「ものを想《おも》う時も同様じゃ。人がものを想う時、頭の中にゑれきが生ずるのだ。いや、これもゑれきが生ずるから、人がものを想うのかもしれぬ」

「本当に？」

「本当だ。何かする時に、これを被っておけば、その時そこにどのようなゑれきが生じたかがわかるようになっている――」

言われても、まだ、十三は何のことであるか、よく呑み込めていないらしい。それは、鋳三郎も同様らしく、十三の横で、小首を傾《かし》げている。

「そうか、ならば、ひとつ、試してみるか」

吉右衛門が言った。

「何を試すのです」

「たれぞに、この兜を被らせて、たれかに斬りかかってもらうのさ」

「なら、本人の吉右衛門先生に被ってもらやあいいんじゃありませんか――」

鋳三郎が言った。

七

「いやいや、おれがやるのではない。鋳つぁん、あんたがやるのさ」

吉右衛門は、笑いながら、鋳三郎の両手にその兜を持たせた。

「あたしが、こいつを被るんで?」

鋳三郎が困ったような顔をしているのは、欅《けやき》の樹の下である。

「そうじゃ」

「なら、斬りかかってくる役は？」

「十三、やってくれぬか」

吉右衛門が言った。

「わたしが!?」

「他に誰がいる。ちょうど、腰に二本差しているではないか」

確かに、十三の腰には、大小の刀が差してあった。外へ出る時に、十三自らが、大小の二本をその腰に差したのである。

「これは武士たるもののたしなみじゃ」

「そのたしなみを心得ているおまえだからこそ頼むのだ。やってくれ、十三——」

「わかりました」

十三は、鋏三郎の前に立った。

「あたしはどうすりゃいいんで？」

鋏三郎が言う。

「まず、目隠しじゃ」

吉右衛門は、懐から一枚の手ぬぐいを取り出しながら、鋏三郎の背後に回り、その眼を手ぬぐいで塞《ふさ》いだ。鋏三郎の頭の後ろで手ぬぐいを固く結び、

「さあ、その兜を被ってくれ」

吉右衛門は、銕三郎の肩をぽんと叩いた。

「へえ」

銕三郎が、兜を被る。

「ならば、十三、おまえはありったけの気魂《きこん》を込めて、その剣で銕つぁんに斬りかかってもらいたい」

吉右衛門は、その要領を説明した。

「ただし、やるのは、上からただ斬り下ろす動きだけだ。本当に斬り下げちゃあいけねえ。頭のすぐ上で、剣を止めるんだ」

「はい」

と、十三がうなずく。

「銕つぁん。おめえは、刀が襲ってきたと思ったら、後ろへ退《さ》がるなり、左右どちらでも横へ動くなりして、十三の剣をかわすんだ。それを何度か繰り返す。それだけでいい」

「へい」

銕三郎がうなずいた。

その声が、低く底にこもっているのは、覚悟を決めたからであろう。胆《はら》をくくった声であった。

「始めるぜ」

吉右衛門は言った。

長谷川鋏三郎と、十三は、近い距離で向きあっている。どちらも自然体だ。どういう構えもとってない。

ひと呼吸、ふた呼吸ほどの間があって、

「始めやしたね……」

鋏三郎が低い声でつぶやいた。

しかし、それをただ見ているだけの吉右衛門には、何が始まったのかわからない。ふたりは、さっきと同じように、ただ向きあっているだけだ。

ただ、鋏三郎が〝始めやしたね〟と口にしたからには、眼に見えぬ何かが、ふたりの間で始まったと考えていい。

「怖《こえ》ねえ……」

鋏三郎が、微《かす》かに腰を落とし、その腰をやや後方に退《ひ》いているように見える。まるで、見えぬ、透明な球体が、十三の身体から膨らんで、それが、鋏三郎を圧しているかのようであった。

その見えぬ球に、鋏三郎がじわりじわりと押されているようである。

「ぬ、抜きやしたか!?」

鋏三郎は、十三が剣を構えでもしたように、両手を前へ持ちあげて、半歩退がっていた。

鋏三郎の額に、ふつふつと汗の玉が浮いている。

「あ、危ねえ……」

鋏三郎が、抜き身の剣を前にしたように、さらに半歩退がった。

しかし、十三はまだ何もしていない。

はじめと同様に、ただそこに立っているだけである。

鋏三郎は、鞘《さや》の中に入っている見えぬ剣に怯《おび》えているのである。

「哈《は》っ!」

と、十三が短く呼気を吐いた時、

「ちいいっ」

鋏三郎は、大きく後方に跳んでいた。

「では、もう一度――」

吉右衛門が言うと、鋏三郎は、額の汗をぬぐって、そこに足を止めた。

十三が、前に立つ。

立った時には、十三は、すうっと鞘から白刃を抜いていた。

それを上段に構え、無造作に振り下ろし、刃を鋏三郎の頭上、半寸のところで止めた。

「さあ、いつでもいいですぜ」

鋉三郎が言った。

たった今、刃が打ち下ろされ、自分の頭上わずかのところで静止しているのを、鋉三郎はわかっていないらしい。

すると、刃先が上に持ちあがって、鋉三郎の頭上から離れた。十三は、上段に構えた。

ひとつ、ふたつ、呼吸をして、くわっ、と十三が両眼を開いた。

次に起こったことは、気配や〝気〟のことに弱い吉右衛門にも、さすがにわかった。何かが、十三の身体の中から、いきなり膨れあがったのである。それは、ある意味では肉体の爆発と言ってもいい。さっきのが、透明な見えぬ球体がじわりじわりと膨らんでいったのだとすると、今度のそれは、人の肉体が、ふいに火球に変じたようなものであった。

その瞬間、

「ぬわわっ！」

その顔を、強い炎でいきなり炙《あぶ》られたように、鋉三郎がいきなり横へ跳んで、地に転げていた。反転し、地面の上に四つん這《ば》いになって、右手で目隠しをむしりとっていた。

大きく肩を上下させながら、十三を見あげた。

十三が、まだ上段に剣を構えているのを見て、

「まさか、まだ剣を斬り下げちゃいなかったってえことですかい」

荒い呼吸と共に言った。

十三が最初にやったのは、刀を抜くという動作をともなわない、〝気〟のみで、相手を斬ることであった。

次にやったのが、〝気〟を外に出さぬように——つまり、気配を殺して相手を斬ることである。

三度目にやったのが、一度目と同様に、斬り下げるという動作をともなわずに〝気〟のみで相手を斬ることである。一度目と違ったのは、その〝気〟に感情を乗せたことだ。殺す、という意志——殺意をその〝気〟に重ねたのである。その殺意を増幅させる手段として、実際に斬り下ろすという動作こそしなかったものの、十三は剣を抜いて上段に構えてみせたのである。

「——そういうことじゃ」

十三は言った。

「実際の勝負では、これを様々に組み合わせて斬り結ぶことになる。なまじ、気配が読める者は、この読み合いで騙《だま》されてしまう……」

「おれなどは、とうていゆけぬ境地じゃな——」

吉右衛門はつぶやいた。

「こいつは、たまらねえや。生命《いのち》が二、三年は縮まりましたぜ」

銕三郎が立ちあがってきた。

「次は、逆で頼む」

吉右衛門は言った。

「逆？」

「おまえと、十三の役を入れかえるんだよ」

「そいつはおもしれえ」

鋳三郎は、頭に被っていた兜を脱ぎながら言った。

立場が入れかわった。

目隠しをし、兜を被り、丸腰で立っているのは、今度は十三であった。

その前に、抜いた剣を右手に下げて、鋳三郎が立っている。

「あたしは、剣を抜いたり抜かなかったりなんて、器用なこたあできねえ。初《はな》っから抜かせてもらいますぜ」

鋳三郎は、そう言った。

右手に握った刀を、上下に小さく振りながら、左右に足を踏みかえ、

「ちい、ちいちいちい……」

低く声をあげ、

「せやあっ!!」

いきなり切先《きっさき》を振りあげると、片手打ちに、十三の頭目がけて剣を振り下ろした。

剣は、十三の頭上一寸のところで止まっていた。

十三は、ぴくりとも動かなかった。

「銕三郎、止めるな。本気でこい――」

十三が言った。

「おまえは、中途半端ができぬ性《たち》だ。わたしを殺す気で斬り下げてきなさい」

「いいんですかい」

「かまいません」

「しかし――」

「くどい」

十三が言った途端、銕三郎の眼つきが変わった。凶暴な獣《けもの》が、ふいに銕三郎の内部で牙《きば》を剝《む》いたようであった。

「堀河の先生、先生が証人だ……」

つぶやいた。

つぶやき終えたその瞬間、

「！」

いきなり、銕三郎は、持っていた剣を横なぐりに右から左へ振った。銕三郎の剣が、耳の高さで、十三の頭部を上下に両断したかに見えた。

しかし、そうはならなかった。

剣先は、十三の鼻先をかすめて、横へ疾《はし》り抜けていた。十三が、後方に退がっていたのである。

だが、それで終《しま》いではなかった。

「けえっ」

「しゃっ」

次々に、錬三郎の剣が十三に襲いかかってゆく。凄まじい剣風が、十三の頭部、胴、そして時に足を襲う。それを、十三が跳んでかわす。

「やめろ、やめるんだ」

吉右衛門は叫んだ。

吉右衛門の理屈では、〝気〟や気配を読むことで、相手がいつ襲ってくるかを探知できるというのは、理解できる。しかし、その剣が、頭をねらってくるのか、腕をねらってくるのか、そこまではわからぬであろう。ましてや、その剣が、真上から襲ってくるのか、真横から襲ってくるのかはわかりようがあるまいと思っている。

そう思ったからこそ、さっきは、剣を打ち下ろす場所を頭と限定し、しかも上から斬り下ろすということに決めたのだ。

しかし、今眼の前で行なわれているこれは——実戦と同じではないか。

しかも、十三は、逃げているうちに、すぐ背後に欅の幹を負ってしまった。

仮に、鋏三郎の太刀筋がわかっていたとしても、背後の幹や、地上に転がっている石ころまでがわかるとは思えない。

太刀をかわして退がった時、根につまずくか、背を幹に当てるか、それだけで動きに遅れが出る。

止めなければ——

「やめよ、鋏三——」

言った時には、すぐ後方に、十三は欅を背負っている。

「きゃあああ！」

怪鳥《けちょう》に似た叫び声をあげて、鋏三郎は十三の胸を突きにいった。

ずむっ、

と、鋏三郎の剣が、欅の幹に潜り込んでいた。

その時、十三の身体は空中にあった。宙に跳び、身を縮めていた。

とん、

と十三が下り立ったのは、欅の幹に突き立った剣の峰であった。

「終いじゃ」

剣の上で、十三が言った。

「へい」

銕三郎が、剣を引き抜いた。

ほんの一瞬、まるで体重がないもののように十三は剣の上に乗っていたが、ふわりと地に下り立った。

銕三郎は、ぜいぜいと息をついている。

目隠しを取った十三が、

「このくらいでよいのですか」

笑みも見せずにつぶやいた。

「よいもなにも、何ということをするのじゃ。おまえが、銕三郎に殺されるかと思うたぞ――」

「本気でやらねえと、後で俺《おい》らが――いえ、あたしが、先生にしかられやすんでね」

銕三郎が、唇の端を吊《つ》りあげて、白い歯を見せた。

「銕三郎は、わたしの言うた通りにしただけのことです。責めないで下さい」

「おれには、おまえが化物のように見える。犬が本当にしゃべったって、ここまでは驚かねえよ」

「ふうん」

十三は、呼吸も乱してはいなかった。

「こうしてみると、あん時、武蔵と名告《なの》った輩《やから》は、よほどのものであったのだな」

「だから、そう言っているのです」

「まあいいや、無事なら、続きじゃ」

吉右衛門が言った。

「続き?」

「今度は、斬り手の方に、この兜を被ってもらい、同じことをやる」

それを聴いて、

「そりゃあ、むごい。また、あれをやられたら、きんたまが縮んで、しばらく使いもんにならねえ」

鋳三郎は言った。

「なら、鋳つぁん、やった方がいいよ」

吉右衛門が言った。

「鋳三郎、もうひと仕事です。わたしは、少し休ませてもらいます」

十三が、兜を頭からはずしながら言った。

「そうか、先生が休むんなら、誰か代りが必要だなア」

鋳三郎が、いつの間にか手ぬぐいを手に持って、吉右衛門の方に寄ってきた。

「おい、鋳つぁん、そりゃあ何のまねだい。まさか──」

「そのまさかですよ」

鋏三郎が、いきなり吉右衛門の眼を、その手ぬぐいで塞いだ。

「今度は、あなたがこれを被るという趣向はどうです」

十三が、脱いだばかりの兜を、吉右衛門の頭に被せていた。

「お、おい……」

「何ごとも、やってみねばわかりませんよ」

十三の笑い声だけが聴こえた。

手ぬぐいで眼を塞がれ、もう、吉右衛門は眼が見えなくなっていたのである。

巻の七　闇法師

一

蝸牛《かぎゅう》は、激しい雨の中に立っている。

右手に刀の柄《つか》を握り、鞘《さや》ごと右の肩にその剣を担いでいる。

蝸牛の少し先の闇《やみ》の中に立っているのは、自らを大黒天と名のる黒い影であった。

大黒天の背後にそびえる松の幹に、さっき平吉の投げた双牙《そうが》が刺さっている。

灯《あか》りはと言えば、蝸牛が背にしている小屋から洩《も》れ出てくる炎の明りだけである。

「おまえがおれの相手か」

大黒天が言った。

地を叩《たた》きつけてくる雨音の中でも、その声だけは、不思議によく届いてくる。

「ふふん」

蝸牛は、唇の片端を吊《つ》りあげた。頬《ほお》を流れ落ちてきた雨が、その唇の端から、口の中に入り込んでくる。

「独りじゃないな……」

蝸牛は、視線を大黒天の足元に向けた。

ちょうど、大黒天の膝《ひざ》よりも少し上のあたりに、緑色に光る点がふたつあった。

その時――

びかり、と稲妻が閃《ひらめ》き、あたりが青い光の中に浮きあがった。

ばりばりばりばりばり、
という、雷の落ちる音が、周囲を圧した。

大黒天の背後の松――正確に言うなら、その幹に刺さっていた双牙に、雷が落ちたのである。

雨の中で、松が裂け、その裂け目からめらめらと炎があがった。

大黒天の姿と、そして、その足元にいたものの姿が浮きあがる。大黒天の足元にいたのは黒い犬で、その眸《め》が、蝸牛を睨《にら》んでいた。

今見た、緑色に光るものは、その犬の両眼であった。

松の幹を、炎の赤い舌が、這《は》い登ってゆく。雨で消える分と、消えずに炎を強くしてゆく分が、ちょうど半分ずつくらいだ。

「相手をしよう。しかし、おまえが負けたら、ぬしら全員、我が手下《てか》となると約束せよ」

「おれがなるさ。他のやつのことは知らんがね……」

蝸牛が、一歩、前に出た。

もう一歩、踏み出そうとしていた蝸牛の足が止まった。

「あんたとその犬の他に、もうひとりいるだろう――」

蝸牛が言うと、燃える松の背後から、炎の明りの中へ、ゆらりと歩み出てきたものがあった。

丈六尺に余る大きな漢《おとこ》であった。

腰に、大小の剣を差している。

ぼろぼろの野袴《のばかま》を穿《は》いた、異臭を放つ武士であった。

「この漢が、おれの代りじゃ」

大黒天が言った。

「たれでもよい」

蝸牛は、その大漢《たいかん》を見やった。

大漢は、足を止めなかった。

そのまま、ゆるりゆるりと、大黒天と犬の前に出てきて、そこではじめて、大漢は足を止めていた。

蝸牛は、その大漢と見つめあった。

ふたりの間に、ほとんど透き間のないほど落ちてくる雨の向こうから、ゆるゆると、何か見えぬものがふくらんでくる。

その大漢の肉が放つ気配のようなものだ。その気配は、自然に漢の体内に溢《あふ》れ、満ち、肉からこぼれ出てきているようである。

「おまえさんだったのかい」

蝸牛はつぶやいた。

しばらく前、小屋の中にいて、外に人の気配のあることに気がついた。その気配は、黒い影——大黒天のものかと思っていたのだが、そうではなく、この大漢のものであったのかと蝸牛は理解したのである。

大漢は答えない。

ただ、心もち前かがみになって、そこに立っているだけであった。

「剣呑《けんのん》……」

蝸牛は、右肩で担いでいた剣を、両肩と平行になるように、首の後ろで担ぎ、鞘の端を左手で握った。

「やるか……」

大漢の武士は言った。

蝸牛は答えない。

ただ、歯を噛《か》んでいる。

その身体が、小刻みに震えている。

唇に浮いているのは、喜悦の笑みである。

いきなり、蝸牛が仕掛けていた。

大きく水しぶきをあげ、左足で一歩を踏み込み、

「くえええええええっ！」

剣を抜いていた。

いや、剣から、鞘を抜いていた。

左手で、剣から鞘を抜き、抜きざまに、武士の脳天から、それを打ち下ろしていたのである。

武士の鼻先を、真上から真下へ、鞘の端が疾《はし》り下りた。

武士が動いたようには見えなかった。

蝸牛が、わざと鞘が当らぬように打ち下ろしたとしか見えなかった。

「くやあああっ！」

鞘にわずかに遅れて、蝸牛が右手に握っていた剣が、やはり真上から武士の頭部に打ち下ろされていた。見た目は、ほとんど同時の動きであった。

さらに、蝸牛は、剣で打ち込む時、半歩踏み込んでいる。これで、剣先は間違いなく武士に届く。

しかし、その剣先も空《くう》を切り裂いただけであった。剣先は、鞘と同様に、武士の鼻先を真下に疾り抜けただけであった。

ぞくりと、蝸牛の首筋に、冷たいものが這《は》った。

「くわっ!!」

蝸牛は、下へ疾り抜けた剣先を、そのまま地に突き立てていた。同時に、大きく横へ転がりながら、武士と距離をとった。

しぶきを跳ねあげながら、蝸牛は、泥水の中に四つん這いになった。

左手には、まだ鞘を握っている。

大きく肩で息をしながら、武士を見あげていた。

武士は、蝸牛が地に突き立てた剣の向こうに仁王立ちになって、両手を上に持ちあげていた。

いつ抜いたのか、武士の右手には大刀が、左手には小刀が握られている。その白刃を、雨がたちまち濡《ぬ》らしてゆく。

蝸牛が地に突き立てた剣の刃が、ちょうど武士の方に向いていた。

もしも、そのまま武士が踏み込んできたら、地に突き立てられた剣で、踏み込んだ足を傷つけていたことであろう。武士は、転がって逃げた蝸牛を追わなかったのである。

左手に持っていた鞘を右手に持ち替え、むくり、むくりと、蝸牛は起きあがった。

地に突き立てられた自分の剣を挟んで、武士と向かいあった。

ふっ、
ふっ、
と、その唇で息をしている。

やがて、胆《はら》が決まったように呼吸を止め、

「しょうがねえ、死ぬか——」

ぼそりとつぶやいた。

蝸牛は、一歩、二歩、武士の方に近づいて、地面に突き立っている自分の剣のすぐ手前で、足を止めた。

すでに、そこは、武士の剣の間合である。

武士の剣は、蝸牛に届く。

蝸牛は蝸牛で、もしも武士が踏み込んでくれば、自分の刀を蹴《け》りあげることができる。

地に突き立った剣は、刃を武士の方に向け、峰の部分を自分の方に向けている。その峰の下の部分を蹴れば、跳ねあがった剣先が武士の方を向く。

武士が踏み込んでくれば、その切先《きっさき》が、武士の足か、下腹に潜り込むことになる。

「おもしろいことをする……」

武士はつぶやいた。

そして、武士は、自分の持っていた小刀を、無造作に地に突き立てた。

刃が、蝸牛の方を向いている。

これで、かたちの上では五分と五分になった。

違うのは、蝸牛が手にしているのが鞘で、武士が手にしているのが真剣であるということだ。

「むうう――」

蝸牛が唸《うな》った。

もはや、逃げられない。

勝負をするしかない。

めらめらと音をたてて天に火をふきあげている松の炎の色が、蝸牛の頬で躍っている。

大黒天と犬が、燃える松の下から、こちらを見つめている。

「何してんだい、さっさと始末をつけちまいな」

山女魚《やまめ》の声が響いた。

その時――

いきなり、まばゆい光が、蝸牛の眼を射た。

凄《すさ》まじい音と光であった。

雷が、天に向かって構えていた武士の刀を、直撃したのであった。

二

病葉十三《わくらばじゅうぞう》の道場を、珍しく堀河吉右衛門が訪ねてきたのは、昼を過ぎてからのことであった。

十三は、まだ、道場生たちに稽古《けいこ》をつけている最中であった。

「何の用です」

十三に訊《き》かれ、

「頼みごとがあってきた」

吉右衛門は言った。

「何です、頼みごととは？」

「稽古が終ってからでよい。しばらく待たせてもらう」

そう言って、吉右衛門は、羽目板を背にして、道場の板の間に尻を下ろした。

道場では、十三が、弟子たちの打ち込みの相手をしている。

「りゃああああっ！」

弟子が、上段から打ち込んでくる木剣を、十三が横に払い、踏み込んでその胴に木剣を当てる。

おもいきり当てているわけではないが、当てられた弟子は、

「うっ」

と呻《うめ》いて、脇腹を手で押さえる。

次の弟子も同じだ。

いずれも、弟子たちは、本気で打ち込んでくる。

その木剣を、十三が払う。

こん、
という乾いた音がする。

いくらも力を込めたようには見えないのに、木剣は大きく外側にはじかれてしまう。

脇が空《あ》く。その空いた脇に、木剣が打ち込まれるのである。

熱気と、汗の饐《す》えた匂《にお》いが、道場内に満ちていた。

「ちゃあああっ」

弟子のひとりが、上段から打ち込むと見せて、十三の胴を突いてきた。

それを、するりと十三がかわして、

「吩《ふん》！」

弟子の右手首を木剣の先で叩いた。

これも、いくらも力をいれているようには見えなかったのだが、十三が叩いたその場所が折れて、腕が〝く〟の字になった。

「ぐわあっ」

弟子は、そこに膝を突いて、右手首を左手で押さえた。右手は、まだ木剣を握っていた。

「これまで──」

十三は言った。

「誰か、長四郎《ちょうしろう》について、仁人堂《じんじんどう》まで行ってくれませんか」

腕を折られた長四郎は、

「だいじょうぶです。独りでゆけます」

苦痛をこらえてそう言った。

「すまぬ、長四郎。考え事をしていたのでな、つい打ってしまった。この十三が失態じゃ」

「いいえ。先生が、加減をして下されたこと、充分承知しております。これは、わたしの未熟から起こったこと。独りでゆけます」

そう言っている長四郎をうながして、仲間の者たちが一緒に外へ出ていった。

道場生たちと向きあい、礼をしたあと、次に、一同で神棚に向かって頭を下げた。

苦りきった顔で、十三が、吉右衛門のところへやってきた。

「いつも、隙《すき》があれば好きなように打ち込んできてよいと、あの者たちには言うてあったのじゃ。今は、考え事をしていたので、それが、隙があるように見えたのでしょう。いや、実際隙があったに違いありません。そこをつかれたので、思わず打ってしまったのです……」

十三は、肌にかいた汗を、手ぬぐいでぬぐいながら言った。

「武蔵のことでも考えていたか」

「ええ」

「武蔵の何を考えていた？」

「あの漢《おとこ》の豪剣をいかにかわして、攻めるか、それを、頭の中で工夫していたのです。そちらに、つい心を奪われてしまいました。わたしの未熟です……」

十三の顔が、苦い。

頬のあたりが冴《さ》えざえと青く澄んでおり、そこに悽愴《せいそう》の影が浮いている。

「お稽古、ありがとうございました」

「ありがとうございました」

弟子たちが、吉右衛門と話をしている十三に向かって、頭を下げては帰ってゆく。

「ところで、用事は何です。頼みごとがあると言っていましたが――」

「今夜、ゆくところがある。それに、つき合《お》うてもらいたいのだ」

「つき合う？」

「もしかしたら、剣呑《けんのん》なことになるかもしれぬ。それで、おまえに来てもらいたいのじゃ」

「ほう」

十三の口元に、微《かす》かな、切れるような笑みが浮いた。

「おまえと一緒なら、心強い」

吉右衛門は言った。

「ゆきましょう」

十三は、吉右衛門が、どこへ何をしに行くかを口にする前に、返事をしていた。

三

「どこへ行くのです？」

十三が訊いたのは、大川左岸の土手を、北へ向かって歩き出してからであった。

「伝法院《でんぽういん》の近くじゃ」

言った吉右衛門の足元を、猫の悟空がくっついて歩いている。犬が、主人の外出についてゆくというのはよくあるが、猫が一緒にくっついてくるというのはなかなかない。珍しい光景と言えた。

時おり、気まぐれに、土手の草の中で立ち止まったり、しばらく向こうをうろついてから、またもどってきたりということもするのだが、悟空は、おおむね、吉右衛門の足元周りにいる。

吉右衛門の右腰からは、麻の袋がぶら下がっている。

「伝法院？」

伝法院ならば、このまま北へ向かい、てきとうなところで橋を渡って、また北へ向かえば、自然にたどりつく。

「いや、伝法院ではない。その近くと言うたではないか」

「どこです」

「伝法院の西側に、大黒堂という堂があって、そこに大黒天が祀《まつ》られている。そこまでじゃ」

「大黒堂？」

「雨宮《あまみや》という武家が建てた堂でな。毎日この大黒天に供えものまでしているらしい。その境内の南に井戸がある。井戸といっても空井戸でな、水がない。だから、誰《たれ》か落ちる者があってはいけないというので、その周囲を囲って、丁寧に屋根までつけてある。でな、妙なことに、供えものというのは、堂の方ではなくそちらの井戸の方にしているらしいのさ」

「何故、そこへ?」

「ちょいと、確認しておきたいことがあってな」

「何を確認するのです」

「ゆけばわかる」

「それはいいのですが、わたしが一緒にゆく理由《わけ》は?」

「言ったろう、剣呑なことになるかもしれぬと――」

「剣呑というのは、どういう類《たぐい》のことなのです」

「それもゆけばわかる。ことによったら、ならぬかもしれぬがな」

「意味ありげな言い方ですね」

「しかたがない、見てしまったからな」

「見た? 何をです?」

「箒星《ほうきぼし》じゃ」

「箒星?」

「今朝方、東の空に見えた」

「しかし、箒星が見えたという話は、わたしは聞きませんが……」

「まだ、人の眼には見えぬ。後、十日もすれば、見えるようになるであろうがな」

「人の眼に見えぬのに、あなたの眼には見えたのですか――」

「おれは、遠眼鏡を使《つこ》うて見たからな」

「しかし、箒星を見たから、大黒堂へゆくということのつながりが、わたしには見えません」

「見えぬでよい。おれとて、何が見えて、何が見えておらぬのか、よくわかってはおらぬのだ。だからゆくのさ……」

「だから？」

「そうじゃ」

吉右衛門が、道々にした説明というのは、そこまでであり、吉右衛門が言わぬとあれば、十三もそれ以上問おうとはしなかった。

大黒堂は、伝法院の西、田へ向かう道の脇にある、小山の上にあった。

小山とは言っても、石段を三十段も登れば、上の平地へたどりついてしまう、なだらかな丘だ。上の平地は、雑木林に囲まれており、平地の北側に、大黒堂が建っていた。上に瓦《かわら》をのせた唐破風《からはふ》の屋根――小体《こてい》ながら、柱も梁《はり》も、太い檜《ひのき》でできており、立派な造りであった。

石段を登りきると、石畳の奥に、その堂が見えている。

けていた。

しかし、吉右衛門は、堂の方には向かわず、石畳の上に足を置いてすぐに左へ爪先《つまさき》を向
そちらに、大きな欅《けやき》の樹が生えており、その下に、小さな小屋の如きものがあった。いや、正確に言うのなら、小屋の残骸《ざんがい》のようなものがあったというべきか。

歩み寄ってみれば、確かにそこに、周囲に石を組んだとおぼしき井戸があって、潰《つぶ》れた小屋の残骸に囲まれている。その残骸の一部が、脇へ除《の》けられて、そこへ積みあげられているように見えるのは、潰れた後、その材をかたづけた者がいるのであろうか。いずれにしても、その誰かは、その作業を途中でやめてしまったものらしく、潰れたままになっているると思われる材がほとんどである。

吉右衛門と十三は、木材を跨《また》ぎ越えて、井戸の縁に立った。

「これが、井戸ですか――」

十三が思わず口にしたのも無理はない。

それは、井戸というには、あまりに内径が大きかったからである。普通井戸と言えば、人がその中に入って両手を左右に伸ばせば、両手の指先が井戸の内側に触れる。しかし、この井戸の内径は、七尺、いや八尺ほどもあるであろうか。どれほど身体の大きな男が両手を伸ばしても、指先はその内側に触れるということがない。

井戸に見えない。

「十三、これはな、人喰い井戸と呼ばれて、時々人を呑《の》むそうじゃ」

吉右衛門は言った。

「まことですか？」

「噂《うわさ》があるというのは本当《まこと》じゃ。近くで、誰ぞが行方《ゆきがた》知れずになる。そんな時、この井戸を捜すと、その底にいなくなった者の屍体《したい》がある……」

「しかし、井戸は人を呑まぬでしょう」

「屍体には、刃物傷のあることもあれば、ない時もあるそうじゃ」

「盗人《ぬすっと》が、人を殺して金品を奪い、証拠隠しで、この井戸に屍体を捨てたというのはいかがです。刃物傷のない者は、誤って、下へ落ちたと考えれば――」

「盗人も、まさか、ここでお仕事《つとめ》はせぬであろう。他で殺して、わざわざここへ屍体を運んでくるか？」

「はて――」

「屍体は、現場へ放っておけばよい。始末をつけたきゃあ、大川へ放り込んだっていい。人が、誤って落ちる井戸は、いつも人が使う井戸だ。近くにいつも人がいるから、そういう事故がおこる。このような人の来ぬところで、人が誤って落ちるか――」

「それもそうですね」

たしかに、まだ夕刻には間があるというのに、周囲に人影はない。

上から、吉右衛門が、井戸の中を覗《のぞ》き込んだ。

十三が、並んで中を覗く。

途中までは、内側に組まれた石を見ることができるが、底は、深い闇にまぎれて見ることができない。夏、太陽が真上にくる頃なら、底まで見えるかもしれないが、上から欅の梢《こずえ》が被《かぶ》さっていて、それで陽光が遮《さえぎ》られてしまうので、小屋の屋根がなくとも、底までは見下ろせまいと思われた。

「深さ、およそ七十尺に余る」

吉右衛門は、井戸の底に向かってつぶやいた。

「ゆくぞ、十三」

「ゆく?」

「井戸の中じゃ」

言って、吉右衛門は、腰に下げた袋の中から、何かを取り出した。細い紐《ひも》を、何重にも巻いて輪にしたものだ。

「なんです、それは?」

「鋼紐《はがねひも》じゃ」

「鋼紐?」

「細い鋼の針金を、縒《よ》り合わせて紐にしたものじゃ。細いが、切れぬ」

その端が、輪になっている。

袋の中から、四尺ほどの長さの太い縄を取り出し、その輪にくぐらせてから、吉右衛門は、崩れた材のうち、柱であったと思われる太い木材に、その縄を縛りつけた。

その後、鋼紐のもう一方の端を、井戸の底の闇に向かって投げ落とした。その鋼紐には、三尺ごとに、大きめの算盤珠《そろばんだま》が、嵌《は》められている。おなじく三尺ごとに瘤《こぶ》状の結び目のようなものがあって、算盤珠の穴よりその結び目の方が大きいため、算盤珠が、それより下へ落ちないのである。鋼紐を使って下りる時に、その算盤珠を握りながらゆけば、手が滑らないという工夫であるらしい。

「用心のため、ここに残ってくれと言うても聞かぬであろうな」

「もちろんです」

「では、ともにゆこう。いざとなれば、この石を摑《つか》みながら、なんとか登れよう。他にも手はあるしな」

言いながら、すでに吉右衛門は鋼紐を手にして、井戸の縁に片足をのせていた。

吉右衛門の懐に、悟空がちゃっかりと納まっている。

下りはじめた。

「よし、十三。下りてきてよいぞ」

闇の底から、吉右衛門の声がして、十三は鋼紐を手に握った。

十三が底まで下りる前に、下方に灯が点《とも》った。

吉右衛門が、火の点《つ》いた蠟燭《ろうそく》を手にして、底で待っていた。

見あげれば、七十尺上に、井戸の縁が作った丸い空と欅の梢が見えている。

「これじゃ」

吉右衛門が、蠟燭の灯りを、一方の壁へ向かって差し出した。

「おう」

十三は声をあげた。

そこに、大きな横穴が、ぽっかりと口をあけていた。人が、両腕を上や左右にいっぱいに伸ばし、広げながら通っても、壁や天井に触れぬほどの大きさの穴だ。穴の手前に、無数の石が転がっている。

「どうやら、この横穴を塞《ふさ》いでいた石が、崩れたもののようですね」

十三が言う。

「まあ、そんなところじゃ」

転がった石を跨いだり避《よ》けたりしながら歩いて、吉右衛門が穴の中に入っていった。

その後に、十三が続く。

左右の壁、上下の天井と床——いずれもが石である。天井は、丸く半円を描いている。

入口となった井戸の石組よりも、きちんと石が加工されている。石と石の間に透き間がない。

二間《けん》ほどゆくと、広い石の部屋へ出た。

その部屋へ入り、周囲を見回して、

「ない……」

吉右衛門がつぶやいた。

「ないって、何がないというのです？」

十三は言った。

「屍体じゃ」

「屍体!?」

「武士の屍体が、ここにあったはずなのじゃ……」

「はず？　吉右衛門殿、あなたは、以前にここへ来たことがあるのですか」

「ある」

「いつです」

「十年ほども前か……」

吉右衛門は、つぶやきながら、奥へ向かって歩いてゆく。

奥の壁が、大きく半分以上崩れている。それまで、壁を作っていたと思われる石が、手前の床と、向こう側の床に転がっていた。

どうやら、向こう側も、石の部屋になっていて、この崩れた壁は、向こうの部屋とこちらの部屋を隔てていたものらしい。

向こう側の部屋に、十三と吉右衛門は入った。

蠟燭の灯りで、吉右衛門が内部を照らしてゆく。

奥に、石段の登り口が見える。

手前に、巨大な唐櫃《からびつ》が置かれ、その横に人が座していた。

鎧《よろい》に兜《かぶと》を被った、武者姿の人間であった。

顔を照らせば、半分木乃伊《ミイラ》化した顔が、兜の下にあった。

「むむう……」

十三が、呻く。

「ないな……」

吉右衛門がつぶやいた。

「何がないのです？」

「本じゃ」

「本？」

「この木乃伊の膝《ひざ》に、本がのっていたはずなのだが……」

つぶやきながら、吉右衛門は、唐櫃の方へ灯りを向け、

「これを持っていてくれぬか」

十三に蠟燭を渡して、手を自由にした。

その両手で、唐櫃の蓋《ふた》を開けた。

「中を照らしてくれぬか――」

十三が、灯りを持った手を伸ばした。

ふたりで、中を覗き込む。

「空《から》じゃ」

十三がつぶやいた。

「やはりないか……」

吉右衛門は、つぶやいた。

「さっきが屍体、次が本、今度は何がないというのです」

十三は、吉右衛門の顔に、灯りを近づけた。

吉右衛門の表情が硬い。

灯りの中で、吉右衛門の顔が、大きな苦痛に耐えてでもいるように、歪《ゆが》んだ。

にいいい……

と、吉右衛門の懐から顔を出している悟空が細い声で鳴きあげた。

「十三よ、すまぬ……」

吉右衛門が、苦しげに言った。

「何がすまぬのです」

「言えぬのだ。ここに、何が入っていたか、おれは、それをおまえに言えぬのだ」

吉右衛門の顔が、泣きそうになっている。

「どうしました、吉右衛門殿、ここで、何があったのです？」

「わからぬ」

吉右衛門は、つぶやいた。

「わからぬが、わかっていることもある。しかし、今は言えぬ」

「いつ言うのです」

「時が来たら……」

「それはいつです――」

「いずれにしろ、そう先のことではない。しかし、今言えば、おまえは混乱するだけじゃ。許せ――」

吉右衛門は、小さく首を左右に振った。

「だが、今、言えることはある」

「なんです、それは——」

「あちらの部屋から消えた武士の屍体のことじゃ」

「なに!?」

「おれたちが、両国橋で出おうた新免武蔵と名のった漢《おとこ》、あれが、ここに転がっていたはずの屍体じゃ。あやつが本物の武蔵であるかどうかはともかく、あやつがここにあった屍体であろうというのは、推測だが、間違ってはいないはずじゃ——」

吉右衛門は言った。

「吉右衛門さん、何を言うているのです——」

十三は、混乱しているようであった。

吉右衛門の口にしたことによれば、十年ほど前、ここにあった屍体が消えていて、しかも、その屍体が、あの両国橋の新免武蔵ではないかというのである。

「あれが、武蔵かどうかは、おくとしても、あなたは今、屍体が生きかえったと言っているのですよ」

「そういうことになるか……」

「いったい、いつから、そう考えていたのです?」

「いつから?」

「両国橋に、斬《き》らずの辻斬《つじぎ》りが出るという話を耳にした時、もう、ここの屍体との繋《つな》がりを考えていたのですか――」

「いやいや、最初からということではない。だんだんとじゃ――」

「だんだんと？」

「少しずつとな」

「何を隠しているのですか、吉右衛門さん。ここで全《すべ》て言っていただけませんか」

吉右衛門の顔が、一瞬歪《ゆが》みかける。

「おれを困らせぬでくれ、十三。語るべき時が来たら、真っ先におまえに話をする。それはまことじゃ」

「わかりました……」

さっき言ったのと同じことを、吉右衛門は繰り返した。

十三はうなずいた。

「すまぬ」

「もう訊きませんが、吉右衛門さん、これだけは言っておきます。独りで抱え込まないで下さい。たとえ、言うたところで、わたしが理解できぬことであるにしても、口にすることで、楽になるということがあります。人の生きることです。言えぬことのひとつふたつは誰にでもあります。しかし、わたしは、あなたの味方です。何があろうとも――」

「ばか。いきなり、そういうことを言うな、十三よ――」

「何故です」

「涙がこぼれそうになるではないか」

十三の持つ蠟燭の灯りから、吉右衛門は顔をそむけるようにした。

その時――

にいいいいいい――

と、吉右衛門の懐で、鋭く悟空が低く鳴きあげた。

悟空が、吉右衛門の懐から跳び出して、横穴の入口の方に向かって疾った。

「何ごとです」

十三が言った。

「ゆこう」

「はい」

吉右衛門と十三は、悟空の後を追った。

入口に達する前に、じゃらり、という何かの落ちるような音が響いた。

横穴から井戸の底に出た時、それが何の音であるかわかった。井戸の底の、崩れた石の上に、あの鋼紐が落ちていた。上で、しっかり縛ってきたものだ。自然に落ちるようなものではない。

上から落ちてきたものと思われる、斜めに石の間から突きでている材の先端に悟空が立って、上方を見あげている。
しゃあああっ、
悟空が、鋭い牙《きば》を見せて、吠《ほ》えた。
吉右衛門と十三が見あげると、丸く空いた井戸の口から、人の顔が見下ろしていた。
逆光になるので、人相も表情も見えない。
と――
いきなり、もうひとりの人影が現われた。両手に、何か持っている。それが、落ちてきた。
慌てて、十三と吉右衛門は、横穴の中へもどった。
その瞬間、ぐわらっ、ぐわん、と音をたてて、井戸の底の太い角材が跳ねた。井戸の周囲にあった材を抱えて、人影が、それを投げ落としてきたのである。
どん、
ぐわらっ、
と、材が次々に投げ落とされてきた。
悟空は、吉右衛門の足元で、
しいいいっ、

しいいいっ、
と、鋭く鳴きあげている。

材は、止《や》むことなく落ちてきた。

外にあった材の三分の一でも井戸に投げ込まれたら、とても外へ脱出することなどできなくなる。

「それをかせ」

吉右衛門は、十三の手から蠟燭を奪うように取った。

「こっちじゃ、十三」

吉右衛門は、横穴を駆けた。

「急げ」

吉右衛門は、後ろも見ずに言った。

一番奥にあった、唐櫃と木乃伊のあった石の部屋にもどった。

その奥にある石段に駆け寄り、

「ゆくぞ」

吉右衛門が登ってゆく。

石の、螺旋《らせん》階段であった。

左右の壁に溝が穿《うが》たれ、そこに甲冑《かっちゅう》を着た鎧武者《よろいむしゃ》が座している。しかし、中身はない。

人がそこに入って座しているように見せているだけだ。

そういう溝が幾つもあった。

登ってゆくにつれて、ある臭《にお》いが強くなった。何かの燃える臭い――煙の臭いであった。

「いかん」

吉右衛門の足が、速くなった。

石段が、行き止まりになったところで、天井が低くなっていた。石段の一番上に立ったら、腰を直角に折らねばならないだろう。

吉右衛門は、蠟燭を置いて、その透き間に入り込み、膝を曲げ、肩と両手を天井に当て、

「手伝《てつど》うてくれ」

十三に言った。

十三が、同様に吉右衛門の横に並んだ。

吉右衛門が肩を当てているところは、石ではなく板であった。

「この天井を持ちあげるんじゃ」

吉右衛門が、歯を喰い縛る。

「むう」

「くう」

ふたりで力を込めると、板が軋《きし》み、がりっという音と共に、いきなり天井が持ちあがっ

た。

出たところは、煙の充満する狭い空間であった。その空間の床板を持ちあげて、十三と吉右衛門は、そこに出てきたのである。

天井の低い、板に囲まれた空間であった。

それがわかるのは、周囲に、板と板の間のものと思われる縦の透き間があって、そこから、ちろちろと燃える炎の色が見てとれるからだ。

「火を放たれたぞ」

その炎で、すでに蠟燭はいらないくらいに明るかった。

仰向《あおむ》けに寝たかたちで、吉右衛門は、板を蹴り破った。そこから、さらに煙が入り込んでくる。

袖《そで》で口を押さえ、外へ出ると、そこは堂の内部であった。しばらく前、石段を登った時、正面に見えた堂のようであった。

吉右衛門と十三は、その堂の中にある大黒天を祀った壇《だん》の中を通って、ここへ出てきたらしい。

周囲を、炎が包んでいる。

出入口と思われる扉に駆け寄った。

吉右衛門が扉に手をかけると、

「待って下さい──」

十三が止めた。

「わたしが敵なら、ここから出てゆくところを弓でねらいます」

十三が、身を低くして、足で扉を蹴った。

扉は開かない。

外から、閂《かんぬき》が掛かっているのであろう。

「どうする」

吉右衛門は言った。

火は、外から付けられたのであろう。

見ている間にも、外から火はどんどん内部に燃え移り、炎を大きくしてゆく。

天井に近い壁に、格子窓があるが、そこへは、まず登るのがたいへんそうであった。

「あそこからは抜けられねえ。人が抜けられるほど、もっと、格子がでかけりゃあいいんだが──」

吉右衛門が、口を押さえながら言った。

「抜けられるとすれば、鼠《ねずみ》か猫くらいでしょう」

「猫ならできるだろうとさ」

吉右衛門が、足元の悟空を見やった。

悟空は、その金緑色金青色の眸《め》で、吉右衛門を見あげている。

悟空は、低く喉《のど》を鳴らしながら唸り、ふいに、横の壁に跳びついた。

板に爪を立て、がりがりと音をたてながら壁を登り、太い梁《はり》の上に立ち、そこから窓に向かって飛んだ。窓の縁に立ち、格子の間をするりと抜けて、すぐにその姿は見えなくなってしまった。

「どうしたのです、悟空は？」

十三が言う。

「おれたちの話がわかったのか、ただ自分で出口を見つけて跳び出したのか、おれにもわからぬ」

吉右衛門は言った。

「わたしたちも、出口を見つけねば、これまでです」

十三が言っているところへ、がりがりと、扉を搔《か》くような音が、外から聴こえてきた。

やがて、木と木がこすれ合うような音がして、ふいに、がらんと何かが下に落ちるような音がした。

それまで閉まっていた扉が、浅く向こうへ開いた。

誰かが、扉を押さえていた閂を、抜いて落としたらしい。

にいいいいいっ、

と、外から悟空の鳴く声が聴こえてきた。

「抜けられるぞ、十三」

吉右衛門が、叫んだ。

「これは、悟空がやったのですか……」

十三が、讃歎《さんたん》の色を顔に浮かべながら言った。

「どうも、そのようじゃ」

「どうもとは？」

「話は後じゃ。逃げる算段をせねば」

「はい」

「どうする」

「跳び出す時は、同時です。わたしが右。吉右衛門さん、あなたは跳んで左へ転がり、濡れ縁から下へ飛び下りて下さい。後は、運まかせです――」

十三が言う。

ふたりで同時に外へ跳び出せば、射手がひとりの場合、どちらを射たらよいか迷う。その隙に、森の中へ駆け込む。

その後のことは、もう、打ち合わせようがない。

「わかった」

十三は、さきほど蹴破った壇の板を何枚か拾い、

「これを重ねて背と懐へ入れ、心《しん》の臓のあたりへ当てて下さい。跳び出す時は、両腕の肘《ひじ》を曲げ、別の板を握って頭部と頸《くび》を庇《かば》って下さい。他の場所なら、矢が当っても致命傷にはならぬでしょう」

吉右衛門に手渡した。

十三は、自らも、残った板を手にして懐へ入れた。

「さっきは同時と言いましたが、ほんのわずかに早く、わたしが先に出ましょう。間をおかずに吉右衛門さんが出て、あなたは左へ。いいですか」

「お、おう……」

「胆《はら》をくくって下さい」

十三が、厳しい声で言い、拳《こぶし》で吉右衛門の腹を打った。

うっ、
と呻《うめ》いて息を吐き出したが、吉右衛門はすぐに息を吸い込み、

「わかっている」

そう言って、唇を引き結んだ。

すでに、扉からも炎があがっている。

その扉の右に十三、左に吉右衛門がしゃがんだ。

ひと呼吸、ふた呼吸して、

「いきますよ」

立ちあがりざま、十三は肩から扉にぶつかっていった。

音をたてて右の扉が開き、十三が外へ跳び出した。ひと呼吸も遅れずに、続いて吉右衛門も外に跳び出していた。

出て、すぐに左へ跳んで、濡れ縁を転がって、下へ飛び下りる。

その時、吉右衛門は、視界の隅にそれを見ていた。

右手方向の地面に片膝を突いた十三が、腰から剣を抜きざまに、飛来した矢を横に払うのを。

右側の雑木林の手前に、男がひとり立って、弓に、次の矢を番《つが》えているのが見えた。十三に一の矢を放ち、二の矢を、吉右衛門に向けていた。

「ぬわっ」

と、声をあげて、吉右衛門は、そこに仁王立ちになった。そのまま転げるように走って逃げねばならぬところを、まず、立ちあがって、射手の方を見てしまったのである。

矢が放たれた。

それはわかっていた。

逃げねばと思ってはいるのだが、足が動かなかった。

矢が胸に吸い込まれた。衝撃があった。矢が、胸を貫いたのである。

吉右衛門は、仰向けに倒れていた。

倒れながら、見ていた。

十三が、射手に向かって、剣を握ったまま走り寄ってゆくのを。

顔を起こし、倒れたまま、吉右衛門はそれを見た。

射手は、走ってくる十三を見て、逃げなかった。

もう、三の矢を番えはじめていた。

三の矢を番え、弦を引きしぼりながら、その矢尻を吉右衛門に向けた。

その瞬間――

「ちいいいいっ！」

十三が、尖《とが》らせた唇から、気合をほとばしらせ、剣を斜めに斬り下げていた。

その剣が、射手の左頬から、唇、下顎《したあご》を断ち割って、剣の柄《つか》近くの刃が、弓を握った左腕を斬り落としていた。

「おぶえええええっ！」

射手が、絶叫した。

右手で弦を引きしぼっていたため、弓が右手の方へはじかれたように動いた。一緒に、断ち斬られたばかりの弓を握っていた左腕も動いて、それが、悲鳴をあげた射手の顔面にぶつかった。

左腕の斬り口から、
びゅう、
びゅう、
と、数度、血が飛んだ。

それでも、凄《すご》かったのは、なお射手が闘おうとしたことだ。まだ、自由になる右手を懐に突っ込んで、そこから、手ぬぐいに刃を包んだ小刀を引き出してきた。

「むん」

返す剣で、十三が、その小刀を握った右手首を斬り落としていた。

「えけべけけけっ」

呻き声とも叫び声ともつかない声をあげ、射手は、右足で十三の股間《こかん》を蹴ってきた。

身を引いて、十三がその蹴りをかわす。射手の右足が、十三の顔のすぐ前を、上へ疾り抜けてゆく。

それを、下から跳ねあげた十三の剣が追ってゆく。

「ひゅっ」

と、十三の唇から笛のような呼気が洩れた。

かっ、

と、刃《やいば》が骨を断ち割る小さな音が響いた。

斬り離された射手の右足首が、血飛沫《ちしぶき》と共に天に登ってゆく。

射手が、右足を引きもどして、それを地についた時、もう、そこに足首はない。くるぶしのすぐ上の斬り口が、直接地を踏んでいた。

右肩を、がくんと落とし、身体を崩して、そのまま射手は前につんのめった。

「くそったれ！」

手のない両腕をついて、射手が起きあがろうとする。

「動くな。血止めをすれば、まだ生命は助かります」

「生かしといて、仲間のことを白状させようってのか」

射手は、嗤《わら》った。

頬と顎を斬られているため、血まみれの凄まじい笑みとなった。

その時――

「無駄じゃ」

と声がしたのは、石段の降り口の方からであった。

見ると、石段を上りきったところにある石畳の上に、ひとりの男が立っていた。

腰に小刀を差し、右手に大刀の柄を握り、その大刀を鞘ごと右肩に担ぐようにしている。

顔はわからない。

というのも、その頭に笠を被っていたからである。顔を伏せているため、笠の縁に隠されて、見えているのはその口元だけだ。わざとそうしたのか、笠の前に破れ目がある。その透き間から、男の眸《め》が光っていた。

男の周囲に、ゆらりゆらりと陽炎《かげろう》の如くに揺れているのは、男が身に纏《まと》っている異様の気であった。

いつでも、瞬時に殺気に変貌《へんぼう》しかねない、不気味な気である。

その気をまとわりつかせたまま、一歩、二歩と剣を担いだ男が近づいてくる。

「か、蝸牛……」

射手の男が言った。

十三は剣を担いだ男を見やり、

「不知火《しらぬい》の一味か……」

剣を正眼《せいがん》に構えた。

「おれの名を知っていたか……」

剣を担いだ、蝸牛と呼ばれた男が言った。

「その名前、耳にしたことがあります……」

十三は言った。

三年前だ。甚太郎を助けるために、あばばの牛松という盗賊を斬ったことがあった。

その時、牛松が、その名前を口にしたのだ。

〝おめえ、殺されるぜえ〟

〝蝸牛ってえ、腕のたつのがいる〟

〝奴らがおめえを殺しにゆく——〟

そんなことを言っていたはずだ。

「おまえは？」

蝸牛が、そう言って足を止めた。

まだ、間合の外だが、一歩半ほども距離をつめれば、切先が届く。

「病葉十三……」

「ほう……」

溜《た》め息のように、蝸牛が息を吐いた。

「あばばの牛松をやった奴だったなあ」

蝸牛が言う。

いつの間にか、蝸牛が担いだ剣が、肩と水平になっている。そして、蝸牛は、その左手を左肩越しに後方へ伸ばし、剣の鞘を握った。

右手が動いた。

すうっと、音もなく、剣が鞘から抜かれ、これもまた、すっと打ち下ろされた。

ほとんど予備動作のない動きだった。

その剣は、十三に向かって斬り下ろされたのではなかった。地面に尻をつき、上体を起こして、蝸牛を見あげていた射手の頭部に、その刃が、真上から両眼の間まで潜り込んでいた。

「ありがてえ……」

射手の男は、横倒しに倒れながら、つぶやいた。天を見あげたまま動かなくなった。十三の足元で、仰向けになったその顔は笑っており、眼を開いたまま息を止めていた。

すでに、蝸牛の剣はもどされていた。

蝸牛は、左手に握った鞘を左肩に、右手に持った剣を右肩に担いでいた。

恐るべき剣であった。

人を――それも仲間を斬ったというのに、蝸牛の身体にまとわりついている気に、わずかの乱れも生じなかったからだ。どれほどの達人であれ、人を斬り殺す時に、毛ほども気の動きを変化させずにそれをすることは、簡単なことではないからだ。それを、今、蝸牛はやすやすとやってのけたのである。

「仲間を殺したな……」

十三は言った。

「それがどうしたね」

「なに」

「奴は、悦《よろこ》んでたろう」

その通りであった。

射手の男は、笑みを浮かべて倒れている。

血止めをして、今、生命が助かったとしても、不知火の一味であれば、いずれは磔獄《はりつけ》門である。死ぬまでの間には、拷問《ごうもん》で責められる。

蝸牛の立場からすれば、ここで十三を斬り殺して、射手の男を助けたとしても、射手の男は歩けない。それを担いで逃げるのでは逃げきれない。こぼれた血の跡を追手《おって》にたどられてしまう。

十三との闘いが長引けば、射手はどうせここで死んでしまうであろう。

蝸牛が、爪先ひとつ、右足を前に出して、そこで止めた。

剣を構えたまま、ひとつ呼吸をして、十三は気配を断った。

ただの、人の姿をした石になった。

そこに置かれた石ならば、次にどう動くのか、どこへ転がるのか、それが見えない。わからない。

気配に関しては、十三は透明な存在となったのである。

「へえ、そんな真似《まね》ができるのかい」

笠の向こうで、蝸牛の唇が嗤うのが見えた。

「おもしろい……」

蝸牛が、浅く腰を落とした。

右肩を、やや前に出す。

互いに、まだ、間合の外にいる。

と——

ぞわり、と、十三の背のうぶ毛が逆立った。足元に、禍々《まがまが》しい毒蛇の這う気配があった。

ふいに、十三の右足が重くなった。

「む……」

視界の隅でそれを見やれば、原因は、すぐにわかった。射手の男がまだ生きていたのである。

射手の男が、十三の袴の裾《すそ》に嚙みついていたのであった。

これを、振りほどくにしろ、裾を切り落とすにしろ、そこに隙が生じてしまう。その瞬間に、蝸牛の剣が十三の肉に潜り込んでくるのは間違いがない。

動かせるのは、左足だけだ。

右足を使うと、動きに狂いが生じてしまう。

つうっ、

と、蝸牛が前に滑り出て、

「しゃっ」

右手の剣を振り下ろしてきた。

きいん、
と、十三がその剣を受けてはじく。

次に、間髪《かんはつ》をいれずに、左手に握った鞘が、十三の脳天に振り下ろされてくる。これをかわし、なお、その次の剣の攻撃に備えるには、右足の踏み位置を変化させねばならない。

そう思った時には、覚悟を決めていた。

鞘は、右肩で受ける。

もしも、鉄を中に溶かし込んであれば、一撃で肩の骨は砕かれるであろう。

それでも、生命は先に延びる。

右肩を捨てて、蝸牛に攻撃をする。

十三がその動きに入りかけた時——

十三と蝸牛との間に、飛んできたものがあった。

それは、板であった。

蝸牛の鞘が、その板を宙で横に払った。

板がはじかれて、くゎらん、と地に転がった。

逆に、今度は蝸牛に隙が生じたことになる。十三が、剣を振る前に、つうっ、と退《さ》がって、蝸牛が間合の外に出ていた。

「でえじょうぶかい、十三」

立ちあがった吉右衛門が、こちらに向かって歩いてくるところであった。

左手で、左胸のあたりを押さえ、右手に、矢の刺さった板を握っていた。着ているものの左胸のあたりが血で濡れている。

胸に飛んできた矢が、そこをかばっていた二枚の板を貫いて、肌まで傷をつけたらしい。

吉右衛門は、二枚の板を矢ごと懐から矢尻の方向へ抜きとり、板の一枚をはずして、投げつけたのだ。

「おまえの言う通り、こいつを懐ん中に入れといてよかったぜ」

吉右衛門は言った。

「まだ動けたか――」

蝸牛が、右手に握った剣の先を、吉右衛門に向け、左手に握った鞘の先を十三に向けながら言った。

「悪かったなあ」

吉右衛門が、近づいてきて、足を止めた。

笠の透き間から、吉右衛門を眺めやった蝸牛が、

「からくり法螺右衛門《ほらえもん》……」

低い声で、記憶をなぞりかえすようにつぶやいた。

「おれの名前をどこで耳にしたか知らんが、違うなあ」

吉右衛門は、間のあいた声で言った。

「堀河吉右衛門じゃ」

「病葉十三と共に、我らのことをさぐっておるか――」

「我らってのは、不知火のことかい？」

吉右衛門が問うたが、蝸牛は答えなかった。

つ、
つ、
つ、
と、蝸牛は退がり、十分な間合をとってから、

「十三、また会いたいな……」

含んでいた小石を、ほろりと吐き出すように言って、背を向け、剣と鞘を両手に持ったまま、石段を駆け下りていった。

「ふう」

と、十三が、溜めていた息を吐き出した。

その額から、汗が吹き出してきた。

「平気でしたか……」

十三が言った。

「何のことじゃ」

「もう、二歩、近づいていたら、あなた、斬られていましたよ」

「なに？」

「もしも、あそこで足を止めなければ、止まれと声をかけていたところです――」

「何故、そんなことがわかるのじゃ」

「わかるとしか言えません」

「ふうん」

つぶやいた吉右衛門をしげしげと見つめ、

「なまじ、わからぬ方が、よいのかもしれませぬな」

十三は言った。

「気のことか」

「そうです」

言いながら、十三は右足を引いた。

ずるり、と、射手の男の身体が動いた。

袴の裾に嚙みついた歯が、離れなかった。

十三は、袴を左手で摑《つか》んで持ちあげ、持っていた剣の先で袴の裾を切った。

ごとり、と、首が地に落ちた。

「もう、死んでいます」

十三は言った。

「凄まじい男じゃな」

吉右衛門は言った。

「不知火の一味です」

「あの牛松というのも、似たような死に方をしたな」

「ええ」

「不知火の連中というのは、皆、このようなのか——」

「そう思っておいた方が、よいかもしれません」

十三は、剣を鞘に納めた。

「いやな相手じゃ」

「胸は、だいじょうぶですか」

「先が、浅く潜り込んだだけじゃ」

そう言った吉右衛門の足元へ、どこからか悟空が駆け寄ってきた。

喉を鳴らしながら、頬を吉右衛門の足にこすりつけてくる。

「おう、どこに隠れていたのじゃ、悟空。おまえが、門をはずしてくれなんだら、我らは今頃、あそこで焼け死んでいたところじゃ——」

吉右衛門が、悟空を抱きあげる。

「吉右衛門さん。あなたが、今日、わたしをここにつき合わせたのは、こういうことがあるかもしれぬと、初めから考えていたからですか——」

十三が訊《たず》ねた。

「あるいは、あるやもしれぬとは考えていた——」

「その相手が、不知火の連中であるともわかっていたのですか——」

「あるいはということじゃ」

「それはつまり、相手が不知火の連中ではなかったかもしれぬということでしょうか——」

「そう訊ねられても困る……」

吉右衛門は、顔をあげた。

ふたりの眼の前で、大黒堂が、ごうごうと炎をあげて燃えていた。

「これは、今日のうちに訪ねておいた方がよいか……」

吉右衛門は、悟空にともなく、十三にともなくつぶやいていた。

「訪ねる？　どこへです？」

「雨宮家じゃ」

「雨宮？　あの大黒堂の持ち主の雨宮家のことですか――」

「うむ」

「何故です」

「この火じゃ、人がいずれ集まってこよう。他へ燃え広がりはせぬであろうが、役人たちの相手をせねばならぬのが面倒だ。だから、今日のうちにと言うたのじゃ」

「そういうことではありません。雨宮家を訪ねてどうするのかと訊いているのです」

「色々、訊ねておきたいことがある」

「何を訊ねるのです？」

「一緒にゆけばわかる」

「――」

「ゆくか、十三」

「乗りかかった舟です。つき合わざるを得ないでしょう」

覚悟したかのように、十三はうなずいていた。

雨宮家の屋敷は、大黒堂の裏手にあった。

裏手といっても、直接裏手から下れるわけではない。いったん石段を下って、この大黒堂のある丘を回り込んでゆかねばならない。

吉右衛門と十三が、石段を避けて、横手の林を直接下ることにしたのは、石段の下方から、人の登ってくる気配がしたからである。大黒堂が燃えているのに気づいた者たちが、境内まで石段を登ってきているのである。

当の雨宮家の人間も、すでに、この火事に気づいていることであろう。

「しかし、よいのですか」

十三が、林の中を下りながら言った。

「何がじゃ」

先に歩いていた吉右衛門が、首だけ振り返らせて十三を見た。

「雨宮家も、この火事には気づいているでしょう。それなりの騒ぎになっているのではないですか。すでに、家の者の誰かが大黒堂まで向かっている最中かもしれません。もう、夕刻です。見ず知らずのわたしたちが訪ねていって、会ってくれるかどうか……」

「だいじょうぶじゃ。見ず知らずではない」

「会《お》うたことがあるのですか――」

「主《あるじ》の雨宮十郎兵衛《じゅうろうべえ》殿と、その奥方のきぬ殿には、以前に会うている」

「なに――」

「雨宮十郎兵衛殿は、今年で、六十歳になるか。妻女《さいじょ》のきぬ殿は十《とお》ほどお若くて、五十歳になったかならぬか――」

吉右衛門は、下りながら言った。

しゃべるたびに後方を振り返らずとも、声は届いているらしい。

「何故、そこまで知っているのです」

「以前に会うたと言うたはずじゃ」

丘を下りきり、下の道へ出た。

まだ、左右は雑木林である。

少しゆくと、林が終り、田の道へ出た。

すでに、あたりは薄暗くなっている。

田の水が、まだ薄明りの残る空の色を映して、白く光っている。

星が、ひとつ、ふたつ、光りはじめた空を背景にして、伝法院の屋根が黒々と見えている。

向こうの田に沿った道を、何人かの人影が声をあげながら石段の登り口の方に向かって走っている。

「あっちじゃ」

「燃えているのは、大黒堂じゃ」

「雨宮様は、知っているのか」

「誰ぞ、雨宮様の屋敷へ走れ」

そういう声が、切れぎれに届いてくる。

だが、今、十三は、そういう声に耳を傾けてはいない。

「わたしが訊ねたのは、そういうことではありません」

十三が言った時、

「待て――」

吉右衛門が足を止めていた。

「どうしました？」

十三も、足を止めた。

丘に沿って、道は、ゆるく左へ曲がっているのだが、その丘の陰から、白い煙が天に向かって立ち昇ってゆくのが見えていた。

「火じゃ！――」

吉右衛門が、小走りに駆け出した。

「む」

状況を呑み込んだ十三が、すぐに吉右衛門の後を追った。

丘を回り込んでゆくと、白い煙がだんだんと太くなってゆき、煙の下方が赤く染まっているのが見えてきた。

「いかん」

吉右衛門と十三は、走る速度を速めた。

見えた。

すぐ先の丘の下に、築地塀《ついじべい》に囲まれた屋敷があり、その中央から炎があがっていた。その炎の色が、立ち昇る煙に赤あかと映っている。

見ている間にも、炎がその勢いを増してゆくのがわかる。

人家から離れた場所にあるのに、すでに、人が集まりはじめていた。

吉右衛門と十三が駆けつけた時には、すでに炎は音をたてて燃えており、中へ入りようがない。

「どうした、屋敷の者はおるか。雨宮様は御無事か!?」

集まっている者たちに、次々に吉右衛門は声をかけていったが、いずれも、わからぬ、知らぬと首を振るばかりであった。

「なんということだ……」

吉右衛門は、足を止めて、呆然《ぼうぜん》として、そこに立ち尽くし、炎を見あげ、歯を嚙んだ。

巻の八　来訪者

一

細かいことを、吉右衛門が知ったのは、翌日の昼になってからであった。

まだ、子供たちがやってくる前、与力の松本一之進《まつもとかずのしん》が顔を出して、昨夜のことを色々と訊《たず》ねていったのである。そのついでに、一之進が、あれこれと昨夜のことを語ってくれたのである。

一之進がやってきたのは、昨夜、雨宮の屋敷が燃える現場で、吉右衛門が人を捕まえては、

「雨宮様は御無事か――」

と問うたおり、逆に名を問われて、

「本所の堀河吉右衛門じゃ」

自らも名のったからである。

それを、火盗改《かとうあらため》――加役の赤井越前守忠晶《あかいえちぜんのかみただあきら》の配下となった与力の松本一之進が聞きつけて、昨夜のことを訊ねにきたというわけであった。

これについては、すでに十三《じゅうぞう》とは申し合わせができていた。

大黒堂の火事については、口をつぐむことに決めた。

十三は、いやがったのだが、ぜひにもと吉右衛門が頼み込んで、それを承知させたのである。

武蔵の一件で、伝法院に願をかけることがあって、ふたりで参拝に出かけ、その帰りに雨宮の家に寄るつもりで足を向けたところ、そこで火事に出会ったということにした。

「武蔵の一件？」

一之進は問うてきた。

「無外流の、梅川一心斎の仇《あだ》を討たんと願をかけております」

十三が、両国橋の斬《き》らずの辻斬《つじぎ》り――武蔵と自称する男と闘おうとしていることは、一之進もわかっている。

「で、雨宮様のお屋敷へはどうして？」

「以前、水車を回して、そこから得た力で動く、からくり人形を作ってお渡ししたことがございました。そのおり、こちらがお約束したものよりずっと多くの、過分な額の金子《きんす》をいただいてしまいました。その御礼を、きちんとすませておりませんでしたので、近くへ出たついでに、寄らせていただこうと思い、うかがった次第にございます。で、行った時にはもう、火の海で――」

吉右衛門は言った。

それで、一之進は満足した。

もともと、何かを疑ってやってきたというのではない。

「ところで、こちらに顔を出したのは、そもそも貴殿が何故あそこにいたかを訊ねるためではない。昨夜、何やら怪しい人間を見なかったかと、それを訊ねようと、足を運んだのじゃ」

「特に、何か怪しい者を見たとか、そういうことはございません」

吉右衛門は言った。

「そうか」

「ところで、昨夜のことで、何かわかったことはございませぬか――」

逆に吉右衛門が問えば、

「昨夜、もうひとつ、近くで火事があった。吉右衛門殿には、すでに御存知であろうが、雨宮殿が大黒天を祀《まつ》っていた大黒堂から火が出た」

「承知しております」

「奇妙なのは、そこに、足首や手首を断ち斬られた屍体《したい》がひとつ、転がっていたことじゃ。脳天を断ち割られていたことだが、どうにも妙じゃ」

「妙というのは？」

「その屍体、まだ、はっきりしたことは言えぬが、どうも、不知火《しらぬい》の一味らしい……」

それは、すでに、吉右衛門の知るところであったが、

「まことにござりますか」

吉右衛門は、大袈裟《おおげさ》に驚いてみせた。

「何故、あそこで、あのような酷《むご》い死に方を不知火の者がせねばならなんだのか――」

一之進は、吉右衛門の前で、首をひねってみせた。

一之進の口ぶりからは、まだ、井戸から大黒堂へと繋《つな》がる抜け道のあることには気づいていないらしい。

もっとも、床板の蓋《ふた》が、大黒堂の出入口にはかかっており、めったなことではそれが見つかることはないであろう。

「ところで、雨宮様の方は？」

吉右衛門は、気になっていたことを訊ねた。

「亡くなられた」

……」


「奥様も？」

「十郎兵衛殿、きぬ殿、ふたり一緒に、奥の間に屍体で見つかった……」

「使用人が、何人かいたのではありませんか――」

「通ってくる者が三人。住み込んでいる夫婦ものがふたり――このうちの、夫婦ものふたりと、使用人のひとりが、いずれも、屋敷内とその敷地で屍体となって転がっていた……」

「焼け死んだのですか？」

「焼け死んだのではない。殺されたのだ。しかも、こちらも、どうやら不知火の一味が関わっているらしい」

「なんと!?」

「倒れて死んでいた夫婦ものだが、いずれも、喉《のど》に例の傷があって、頸《くび》の血の管を切られているのだ」

「それは、不知火の一味の中のひとりがやったと考えて――」

「いいのだろうな。手口がよく似ておる」

「十郎兵衛様、奥方様の死因は？」

「少なくとも、炎に焼かれて死んだのではない。きぬ殿の方は夫婦ものと同じく喉の傷と、背にもひとつ、斜めに斬り下げられた傷があった。右肩から、尻に向かって、背中を斜めに断ち割られていた。十郎兵衛殿は、正面じゃ。左肩から、右胸、肋《あばら》まで断ち割る豪剣じゃ」

「確か、雨宮様には、御子息がひとりおられたはずですが――」

「そうよ。十郎太《じゅうろうた》という名のはずだが、この数年、見かけた者はないそうじゃ――」

「では、雨宮様の御身内で、亡くなられたのは、十郎兵衛様、きぬ様のおふたりで？」

「そういうことじゃ」

「そうでしたか――」

「実はな、ここへ来る前に、病葉《わくらば》先生のところへ、顔を出させていただいたのだが、先生も、同様に、今度《こたび》のことでは心を痛めておられる」

「十三が……」

「そうじゃ、病葉先生がこう言うておった。今夜、ゆくということであったな」

「ゆく!?　ここへですか」

「うむ。色々と、堀河殿に訊ねたきことがあるそうじゃ」

それを言い終え、ほどなくして、一之進は辞していった。

その後ろ姿が、見えなくなった後――

「いよいよ、覚悟を決めねばならぬか……」

吉右衛門は、ひとりでつぶやいていた。

吉右衛門の懐から顔を出した悟空が、
しいいい……
と、哭《な》いた。

二

十三がやってきた時、甚太郎と次郎松、他に竹丸《たけまる》という者がまだ居残っていた。

吉右衛門が、子供たちを残したのである。

それだけではない。千代の顔もまた、からくり屋敷にあった。

子供たちが帰る時、

「今夜は、おもしろいものを見せる故、楽しみにしておれ——」

そう言ったのである。

正確に言うなら、子供たちをいったん家に帰らせ、親の許しを得た者だけ、暗くなる前にまたやってきなさいと、吉右衛門が言ったのである。

それで、甚太郎、次郎松、竹丸の三人が、暗くなる前にもどってきたのである。

「あたしは平気——」

千代は、そのまま帰らなかった。

〝てごろ屋〟という口入れ屋をやっている父親の長兵衛からは、吉右衛門の屋敷に居残って、そのままなんとかなっちまえと日頃から言われている。

「帰らんでもよいぞ」

それが、千代の父親が、よく言う言葉であった。

家に上がって、刀を置いた十三は、

「謀りましたね」

吉右衛門の耳に口を寄せて、そう囁《ささや》いた。

「今朝、松本一之進がやってきて、あれこれ訊《き》くから、結局嘘《うそ》をつかねばならなくなりました。それで、気分が悪いのです。で、あなたに、ひと晩つめよって、隠していることを、あらいざらい吐いていただこうと思ったのです。しかし、松本一之進に伝言を頼んだのが間違いでした——」

十三も、そんなに怒った顔をしているわけではない。

千代が茶を入れるため、湯を沸かしている間に、十三は、吉右衛門の耳に口を寄せて言った。

「ところで、知っていますか」

「何をじゃ」

「雨宮のことです」

「雨宮の何を？」

「あなたのことです、知っているでしょう」

「だから、何をじゃ」

「雨宮家が、天海様、ゆかりの家であるということをです」

「なに!?」

思わず、吉右衛門は、声を大きくしていた。

「知りませんでしたか」

「教えてくれ、どういうことじゃ」

「あの土地は、天海僧正が、雨宮家に与えた土地じゃそうな」

「ほう――」

「ついでに言うておけば、これは噂《うわさ》ですが、雨宮家の初代、雨宮新右衛門《しんえもん》は、天海様の種であるらしい」

「本当か」

「噂です。松本一之進が仕込んできて、しばらく前に、わたしに教えてくれたのです」

「そうか、そういうことであったかよ……」

吉右衛門がつぶやくと、

「何がそういうことなのです」

十三が問うた。

「雨宮と天海僧正との関係が、ここひとつ見えなかったのだが、そういうことなら、納得がゆくということだ」

「納得?」

「雨宮の〝雨《あま》〟は、天海僧正の〝天《てん》〟、つまり〝天《あま》〟であろう。言うなれば、〝雨宮〟は、〝天海の宮《みや》〟という意ではないか」

「確かに……」

話がそこまでおよんだ時に、

「おうい、法螺《ほら》右衛門《えもん》――」

声がかかった。

「早く見せてくれよ。おもしれえもんを、今夜見せてやろうって言ってたじゃねえか」

見れば、隣の手習いの間との境に、甚太郎が襖《ふすま》を開けて立っていた。

その背後に、竹丸と次郎松の姿がある。

「しかたがありませんね。話の続きはあとで。まず、甚太郎たちとの約束をはたしてからにしましょう」

十三は言った。

「今ゆく」

吉右衛門は腰を浮かせた。

「千代さん。炭は、火鉢《ひばち》におこしておいてくれたかね」

「はい。言われたとおり、あちらに用意してございますよ」

台所の方から、千代の声が響いてきた。

「わかった。茶も、そちらの方に出してくれ。千代さんも見たらいい」

吉右衛門は立ちあがってそう言った。

三

手習いの間の、床は板である。

その板の上に、皆が思いおもいに座っている。

立っているのは、ただひとり、吉右衛門だけであった。

夏だというのに、板の間の中央近くに火鉢が置いてあり、そこで炭がさかんにおこっていた。部屋を明るくするために、他の部屋から行燈《あんどん》が運ばれてきて、四つの行燈があちこちに置かれて、その全《すべ》てに灯が点《とも》されている。

天井からは、幾つもの鈴が下がっている。

それぞれ、赤、青、銀、黒と色が付いた鈴で、天井に張りめぐらされた糸から、その鈴が下げられているのである。

以前にはなかった鈴である。

「今夜見せてくれるものに、この鈴が関係しているのですか?」

十三が訊ねた。

「いや、この鈴は、今夜のことには関係がない」

「では、何のための鈴なのですか」

「用心のためじゃ」

「用心?」

「近ごろ、ぶっそうなことが多いからな」

吉右衛門は言った。

火鉢では、五徳の上に鉄瓶《てつびん》がのせられていて、その鉄瓶からは、蓋を持ちあげて、蒸気が勢いよく出ている。

「では、用意をする故、少し待て――」

吉右衛門は、そう言って、奥の自室であるからくり部屋に姿を消し、ほどなく姿を現わした。

吉右衛門は、両手に、人の頭ほどの大きさの、鍋のようなものを抱えていた。

しかし、それが鍋でないことは、すぐにわかった。その鍋には、車輪が四つもついていいた。

「なんだよう、それ、法螺右衛門よう」

甚太郎の眼は、吉右衛門が姿を現わした時から、その鍋のようなものに釘《くぎ》づけになっていた。

「見ていればわかる」

吉右衛門は、その車のついた鍋を、床に置いた。

よく見れば、鍋の上部に、幾つか突起がある。

吉右衛門は、五徳の上から鉄瓶を取りあげて、鍋から突き出ている突起のひとつに注ぎ口をあて、鉄瓶を傾けた。突起の先に穴が空いていたらしく、そこから鉄瓶の中で滾《たぎ》っていた湯が、鍋の中に入ってゆく。

鉄瓶の湯が半分も入ったと思われた頃、吉右衛門は、傾けていた鉄瓶を、もとの五徳の上にもどした。

「さて、では次じゃ」

吉右衛門が、鍋から出ている突起のひとつをつまんで引くと、扉のようにその一部が開いた。

「よしよし」

満足そうにうなずき、吉右衛門は、火箸《ひばし》を持って、鉄瓶の下で赤くおこっている炭をつまみ、今開いた場所から、鍋の中へ入れた。
ひとつ、ふたつ、みっつ――幾つもの炭を入れて、扉を閉める。
炭の火が、消えたりしている様子がなさそうなのは、どうやらそれは、鍋の中にしきりがあって、湯と炭の入るところが別々になっているためらしい。
「それが、どうしたんだよ、法螺右衛門――」
「まあ、見ていろ、甚太郎。じきにわかる――」
吉右衛門が言い終えて、しばらくたった時、ふいに、
ぴぃ――っ
と、音をたてて、突起のひとつから、蒸気が噴き出した。
「わっ」
と、甚太郎が声をあげた。
その時、
くゎちゃり、
と鉄と鉄が軋《きし》んで触れ合う音がして、かたり、かたりと音をたてて車が回り出した。
鍋が動き出した。
ぴぃ――っ、
かたり、

かたり、
ぴい――っ、
鍋の車が回転して、鍋が、千代の方に向かって動いてゆく。
千代が、腰をよじって横へよけると、それまで千代がいた床の上を、
ぴい――っ、
蒸気を噴き出しながら、
かたり、
かたり、
と、鍋が動いてゆく。
次第にその速度があがってゆく。
「凄《すげ》え！」
甚太郎が声をあげた。
その横を、鍋が通り過ぎてゆく。
「これは〝蒸気からくり〟じゃ」
吉右衛門が言った。
人が歩くほどの速度になり、鍋は、ほどなく部屋の端までたどりついていた。壁にぶつかる前に、吉右衛門は鍋を持ちあげてもどってくると、また、床の上にそれを置いた。

鍋が、また動き出す。

前方にあたる車輪を少しいじって曲げたらしく、今度は、鍋は真っすぐには進まずに、径五尺ほどの円を描いて、そこで回りはじめた。

「どうじゃ、今夜は、これを、ぬしらに見せてやろうと思うたのだ」

吉右衛門は、得意そうに言った。

「鉄瓶の湯が、沸いて蓋を持ちあげる力を利用して、おれが工夫したからくりじゃ」

「これはまた、驚きのからくりじゃ……」

十三は、唸《うな》った。

「〝炭力車《たんりきしゃ》〟という」

「〝炭力車〟？」

「このおれが名づけた」

吉右衛門が笑みを浮かべながら言ったその時――

ちりん……

と、音がした。

ちりん、
ちりん、
吉右衛門の笑みが、途中で止まっていた。

と、また音がした。

吉右衛門が天井を見あげた。

すると、頭上に下がった赤い鈴が、微《かす》かに揺れている。

ちりん、
と、赤い鈴が音をたてた。

「どうしたのです」

十三が言った。

「誰かが来た……」

吉右衛門が、赤い鈴を睨《にら》んだ。

十三は、片膝《ひざ》を立て、床に置いていた剣を左手に取った。

と——

ちりん、
と、今度は、青い鈴が鳴った。

青い鈴だけではなかった。銀色の鈴、黒い鈴まで、全ての鈴が、いっせいに鳴り出したのである。

ちりん、ちりん、ちりん、ちりん。

ちりん、ちりん、ちりん、ちりん。

ちりん、ちりん、ちりん、ちりん。

ちりん、ちりん、ちりん、ちりん。

「囲まれている……」

吉右衛門が言った。

剣を握っていた十三が眼を閉じる。

すぐに眼を開いて、

「誰か外にいる――」

十三は言った。

この間に、吉右衛門がやったのは、蠟燭《ろうそく》を取り出して、すでに動きを止めていた〝炭力車〟の上に立てることであった。

「千代さん、行燈の灯《あか》りを消してもらえるかね」

吉右衛門が言うと、千代が、行燈の灯りを吹き消した。

その間に、甚太郎、竹丸、次郎松が、他の行燈の灯りを消した。

闇《やみ》になった。

その闇の中で、唯一の明りは、赤くおきた火鉢の炭の明りであった。ほの暗い、赤い光の中で、互いの顔に、その赤い色が映っているのだけがわずかに見てとれる。

闇の中で、ちりんちりんちりんちりんちりんと、鈴が鳴っている。

悟空が、千代の膝の上に這《は》いあがって、にいい、と鳴いた。
灯りが点った。
〝炭力車〟の上の蠟燭に、吉右衛門が灯を点したのである。
玄関まで、あらたに、炭を足した〝炭力車〟を持って、吉右衛門は移動した。
戸を細めに開けて、吉右衛門は、〝炭力車〟を外に置いた。
すぐに戸を閉める。
ただ、完全には閉めずに、覗《のぞ》くための透き間を作った。
子供たちと千代の前に、十三が片膝をついて、剣を握っている。
「なんだよ、法螺右衛門、どうしたんだよ」
甚太郎が、ひそめた声で言う。
「静かにしていろ。十三の傍《そば》を離れるな」
吉右衛門が言った時、
ぴい――っ、
と、戸の向こうで、蒸気の噴く音がした。
ぴい――っ、
くわちゃり、
くわちゃり、

と、〝炭力車〟が動き出した。
その上に火の点《つ》いた蠟燭を乗せている。
〝炭力車〟が進むにつれて、周囲がだんだんと見えてくる。
それを、吉右衛門は、戸の透き間から覗いている。
井戸があり、その向こうに、桜がある。
ぴい――っ、
くわちゃり、
くゎちゃり、
桜の樹《き》の下に、何か見えた。
黒く、うずくまっているもの。
緑色に光る点がふたつ。
それが、凝《じ》っとこちらを見つめている。
人ではない。
犬であった。
犬が、桜の樹の下にいる。
「犬じゃ……」
吉右衛門は、つぶやいた。

「犬!?」

後方から、十三が言う。

「あの犬か――」

桜の樹の手前で、〝炭力車〟が止まった。

炭の火力が落ちたのであろう。

「おい……」

闇の向こうから、声が響いてきた。

男の声だ。

しかし、人の姿は見えないから、まるで、あの犬がしゃべっているように見える。

「動くなよ」

千代と子供たちにそう言って、十三が玄関まで来て、吉右衛門に並んだ。

膝をついて、透き間から外を覗いている吉右衛門の頭の上に、自分の顎《あご》を乗せるようにして、十三も、戸の透き間から外を覗いた。

犬が見える。

「堀河吉右衛門、おるか――」

声が聴こえてきた。

「いるぞ」

吉右衛門は、戸の透き間から、闇に向かって言った。

「独りで出てこい」

「独りでだと？」

「恐いのか」

「おおいに恐いね」

吉右衛門は、口の中にわいた唾《つば》を呑《の》み込んだ。

「独りで外に出て、どうだというのだ」

「おまえに話がある」

犬の口が、その時動いているのかどうか、それを確認しようとしたのだが、そこまではわからない。まるで、闇そのものがしゃべっているように見える。

「何の話だ」

「ふたりで話したい」

声が言う。

吉右衛門は、沈黙した。

ややあって、

「わかった」

吉右衛門は言った。

「よいのですか」

十三が言う。

「わたしも一緒にゆきましょう」

「いいや、おれひとりでゆく」

十三が、次の言葉を口にする前に、吉右衛門は、戸を開いて外に足を踏み出していた。

「おい」

声をかけた十三の前で、戸が閉められた。

その戸を開けようとした十三であったが、それをやめ、透き間から、あらためて外を覗いた。

吉右衛門が、桜の方角、犬の方に向かって歩いてゆく背中が見える。

吉右衛門は、十三が自分を見ているのを承知で、犬に向かって歩いてゆく。

戸の位置、〝炭力車〟の位置、犬の位置を考えて、自分と犬とが、十三から見えるように歩いた。

〝炭力車〟を通り過ぎ、桜の手前で、吉右衛門は足を止めた。

「来たぜ」

吉右衛門は言った。

すると――

桜の樹の陰から、ゆらりと、幽鬼のように姿を現わした者がいた。

それが、黒い影のように見えるのは、夜であるためばかりではない。全身黒ずくめで、ちょうど眼のあたりだけをあけて、頭部にも黒い布を巻きつけているからである。

「ただひとりか!?」

吉右衛門は言った。

「ひとりと、一頭だ……」

黒い影が、言った。

「それにしては、騒がしいようだったが……」

「おれと、この犬とで動いて混乱させてやったのだ」

黒い影の声は、くぐもっている。

黒い影は、周囲の闇を見まわし、

「このようなこざかしい仕掛けは、おれには通用せぬ」

そう言った。

黒い影は、布の内側で、小さく笑ったようであった。

「おれを笑いに来たのか――」

「そうではない」

「では何じゃ」

「おまえのことは、前から気になっていた……」

「おれもじゃ」

「訊ねるが、おまえ、どこから来た」

「わが祖父は、堀河惣右衛門《そうえもん》といって、赤穂《あこう》の出じゃ。松の廊下の一件で浪人して、江戸へ出てきた。代々の浪人じゃが、それもわが代で終りじゃ。嫁をもらうつもりは——」

「やめろやめろ」

黒い影が、吉右衛門の言葉を遮《さえぎ》った。

「そのようなことを訊ねているのではない。名を言え」

「——」

「おれから言おう。おれの名は、大黒天《だいこくてん》じゃ。おまえなら、この名の意味はわかるはずじゃ——」

「——」

「名は？」

「法螺右衛門——」

「真《まこと》の名じゃ」

「堀河吉右衛門」

「とぼけるな。おれの言うことはわかっておるはずじゃ」

吉右衛門は沈黙した。

「東の空に、禍星《まがぼし》が現われた。この意味は、おまえにはよくわかっていよう」

黒い影――大黒天は言った。

その問いに、吉右衛門は答えない。

「雨宮十郎兵衛が殺されて、屋敷が焼けた。あれは、おまえがやったのか？」

逆に、吉右衛門が問う。

「そういうことにしておこうか」

「何故じゃ。何故、あのようなむごいことをした……」

「小事《しょうじ》じゃ」

「小事だと!?」

「大事の前の小事じゃ、雨宮吉右衛門――」

大黒天は、そう言った。

「――」

吉右衛門は、開きかけた唇を閉じ、噛《か》んだ。

「雨宮十郎兵衛は、おれに大黒の割り符をよこさなかった」

「大黒の割り符!?」

「――吉右衛門、おまえ、大黒の割り符を知らんのか」

「知らん」

「吉右衛門よ、おまえも、『大黒問答』は読んだであろうが──」

「おれが読んだのは、一部じゃ」

「なに!?」

「残りは、焼けた……」

吉右衛門が言うと、

「く、く、く……」

と、大黒天は笑った。

「そういうことか。そういうことか、吉右衛門。なるほど、そういうことであったか──」

吉右衛門は、大黒天を見つめ、

「おまえ、ここで何をしようとしている?」

そう問うた。

「何でもよい。おまえは知らぬままでよい。ただ、おれの邪魔をするな。邪魔をするなら、いくらおまえでも……」

「何だというのだ」

「おれは、雨宮十郎兵衛を殺したのだぞ。おまえだっていざとなれば──」

「小事ということか」

「そういうことじゃ」

大黒天はうなずき、

「ところで、吉右衛門、ひとつ訊ねたい」

「何じゃ」

「雨宮十郎兵衛に、十郎太という息子がいたはずだが、おまえ、知らぬか」

「知らぬ」

「ならば、よい」

「待て、十郎太が何だというのだ」

「わざわざ言う必要はなかろうよ。なあ、雨宮吉右衛門――」

「――」

「あとのことは、おれがやる。おまえは邪魔をするな。それだけじゃ……」

大黒天は、背を向けた。

すると、横に座っていた犬も、同時に背を向けていた。

「待て」

「女を娶《めと》れ、吉右衛門。子をなせ。この江戸で、幸せになれ。それでよかろう……」

背を向けたまま、大黒天は言った。

すぐに、大黒天の姿も犬の姿も、闇に呑まれて見えなくなった。

吉右衛門は、そこに立ったまま、大黒天の消えた闇を見つめていた。

肩を叩《たた》かれた。

「奴は、行ったのですか?」

十三であった。

十三のその声が、吉右衛門を、現実へ引きもどしていた。

「行っちまったよ……」

「何を話していたのです」

吉右衛門は、答えずに、黙していた。

ただ、口を閉じ、闇を見つめていた。

「どうしました――」

「十三よ、どうやら、おれたちは深入りしすぎたらしい」

「深入り?」

「手をひくなら、ここがぎりぎりのところというあたりじゃ……」

吉右衛門の声には力がない。

「何があったのです、吉右衛門殿。あの犬ですか。犬と何を話したのです。その後ろに立った人ですか。そいつと何を話したのです!?」

「奴は、大黒天じゃ」

「大黒天!?」

「十三よ。ぬしの生命も危ない。不知火の連中よりも、武蔵よりも、もっと剣呑《けんのん》なものが相手じゃ……」

「吉右衛門さん……」

「おれは、手をひく——」

吉右衛門は言った。

巻の九　天の宮

一

吉右衛門は、縁側で仰向《あおむ》けになっている。

両手を頭の下で組んで、軒下から青い空を見上げている。白い雲が、西へ動いている。

庭で鳴く蟬《せみ》の声が、しきりに吉右衛門の上に注いでくる。

陽《ひ》は、中天にあった。

午後になれば、陽が動いて、いずれ軒から姿を現わして、陽光を縁側まで注いでくるはずなのだが、それにはまだ幾許《いくばく》かの時間がありそうであった。

仰向けになった吉右衛門の腹の上に、猫の悟空が乗って、丸くなって眠っている。吉右衛門の呼吸に合わせて、悟空の身体が、ゆるりと持ちあがっては、またゆるりと沈む。

家の中に、子供たちの姿はない。

子供たちばかりでなく、千代の姿もない。どういう人間の気配も、吉右衛門の家の中にはなかった。

注いでくる蟬の声が、暑さをさらに増しているようであった。

畳の上よりも、板の上の方が多少は涼しく、わずかながら、風も吹いている。

縁側の上に置かれた鉢植えの紫の朝顔が、まだ陽の直撃を受けていないのに、すでに張りを失いかけていた。

大黒天の訪問を受けてから、もう四日が過ぎていた。

その翌朝、つまり三日前――

やってきた子供たちに、吉右衛門は、

「しばらく顔を出さぬでよい」

そう告げている。

「なんだよ、どうしてなんだよ」

甚太郎は、不満そうに口を尖《とが》らせたが、

「この暑さが少しおさまるまで、手習いは休みじゃ――」

無理やり休みにしてしまったのである。

ただ、千代が顔を出さないのが不思議であった。もしも、千代が顔を出したら、子供たちへ言ったのと同様に、しばらくここへ顔を出すなと言うつもりでいたのだが、やってこないのでそれを言いそびれている。

このところ、ほとんど毎日顔を出していた千代がやってこないというのはちょっと気になるが、これまでそういうことがなかったわけではないのだ。

しかし、来ないのなら、来るなとわざわざ言う必要もなく、それはそれでありがたかった。

吉右衛門は、動いてゆく雲に向かって、ひとつ溜《た》め息をついた。

その時——

「おられまするか、吉右衛門殿——」

表の玄関の方に、人の声がした。

「吉右衛門殿、御在宅か」

同じ声がしばらく続いて、やがて、人の足音がこちらへ回り込んでくるのが聴こえた。

庭へ、人が入ってきた。

「こちらにござったか、吉右衛門殿——」

入ってきたのは、与力の松本一之進《まつもとかずのしん》であった。

吉右衛門は、上体を起こし、縁側に胡座《あぐら》をかいた。

悟空は、薄目を開けたが、そのまま吉右衛門の足の間に移動して、そこでまた眼を閉じて丸くなってしまった。

「これは松本様、何か御用でござりまするか——」

「いや、先般もこの件についてはうかがわせていただいたのだが、あらためてお訊《たず》ねしておこうと思うてな、足を運ばせてもろうたのじゃ——」

「この件とは？」

「不知火《しらぬい》の連中のことじゃ」

「と言いますと？」

「大黒堂で斬られて死んでいた男のことじゃ。その正体が判明した」

「誰だったのです？」

「不知火の、猿《ましら》の朝吉《ちょうきち》ってえ野郎さ——」

松本一之進は、縁側に腰を下ろしながら言った。

「どうして、それがわかったのです？」

「この猿の朝吉、昔は上方《かみがた》で女を転がしちゃあ金にしていた札付きの悪党で、もともとの名は藤介《とうすけ》と言っていたらしい。そこまではわかっていたんだが、確証がなかった。まあ、藤介と朝吉が同じ人間だとわかったところで、とっつかまえることができるってえものではないのだが……」

「その確証がとれたのですか」

「この朝吉、藤介ならば背中に獣のように毛がびっしりと生えている。おそらく、猿の異名も、そこからついたらしいのだが……」

「大黒堂の屍体の背にも、その毛が生えていたのですね」

「ああ。それで、この前顔を出した時に、不知火の連中のひとりかもしれないと口にしたのだ。雨宮の使用人が殺された時、例の切り傷が屍体の喉《のど》にあった。これは、不知火の連中のひとり、くさめの平吉の手口じゃ。大黒堂での一件と雨宮の一件とが、無関係におこったとは考えにくい。しかし、ならば、どうして不知火の人間が、大黒堂の境内で死んでいたのか。仲間割れか、それとも、誰か別の人間にやられたのか。背に毛の生える人間がいるってえのは、十人にひとりもあるもんじゃあねえが、千人、二千人にひとりくれえはあるかもしれん」

大黒堂での屍体の背に毛が生えていたのは偶然で、猿の朝吉とは別人であり、何かの理由があって、不知火の連中にあそこで殺された可能性も否定しきれない。

「その確証がとれたのは、猿の朝吉の背の毛を見た者がいて、その者に、件《くだん》の屍体の背の毛を検分させたからじゃ」

「見た者が、いたのですか?」

「実はな、四年ほど前、不知火の一味にねらわれて、盗みに入られた、材木問屋の木亀屋《もくがめや》というのがあってな。何人も使用人が殺されたのだが、たまたま生き残った者がいた。留《とめ》太郎《たろう》という年季奉公の子供じゃ――」

留太郎は、背を斬られ、倒れはしたものの、まだ生きていた。

夜の押し込みであり、押し入った不知火の連中にしても、灯《あか》りがなければ仕事にならない。灯《つ》りを点けて、見当をつけておいたあたりを、一味のひとりが、しゃがんで物色しているところへ、斬られたがまだ息のあった番頭が、後ろからしがみついた。

「いずれも連中は顔を布で隠していたので、顔はわからないが、その留太郎というのが見たのじゃ」

「何をです」

「そいつの背をじゃ」

番頭が、一味のひとりにしがみついた時、その指先が、後ろから襟《えり》にかかった。その時、そいつが立ちあがったため、襟が下がって、背が首の付け根から、九寸ほど下までむき出しになった。

そこに、黒ぐろと生えていた毛を見たというのである。背骨に沿った中心のあたりが長く——

「こう、右から左へぐるりとその毛が渦を巻いていたというのじゃな」

留太郎の生命がねらわれるといけないというので、留太郎がそれを見たというのは、ずっと内密にされてきた。

「しかし、こたびのことがあったので、留太郎を呼んで検分をさせたのじゃ」

はじめ、留太郎はいやがっていたが、ついに承諾をした。

それで、塩漬けにして保存しておいた屍体の背を留太郎に見せたというのである。見た途端、留太郎は、顔をそむけ、ぶるぶると震え出し、顔を両手で覆い、

「間違いございません。間違いございません。この背でございます」

泣き出してしまったというのである。

「まあ、猿の朝吉の死が確認できれば、もう、留太郎の生命がねらわれる心配もないので、こうして今は話したのだが、しかし、世間には、まだこれは内密の話である」

松本一之進は、そう言った。

「で、こたびの御用むきは？」

吉右衛門に問われ、

「ひとつ、確認しておきたきことがあってな——」

一之進は、そう言って、咳《せき》ばらいをひとつした。

「何でござりましょう」

「まず、ひとつ、見てもらいたいものがある——」

松本一之進は、そう言って懐に手を入れた。

取り出したのは、たたんだ一枚の紙であった。それを広げ、一之進は吉右衛門に手渡した。

そこには、絵が描かれていた。

人の顔だ。

「人相書きじゃ」

一之進は、吉右衛門の反応をうかがいながら言った。

男の顔のようであった。

よう、というのは、その顔の全部が描かれてはいなかったからである。頭には、どうやら黒い布が巻きつけてあるらしい。その布は、頭だけでなく、両頰《ほお》と、それから顎《あご》先を隠していた。つまり、描かれているのは、両眸《め》と、鼻、そして口元だけといっていい。

それを見た時、

「これは!?」

吉右衛門は、その声をわずかながら高くしていた。

「気づかれたようだな」

「はい」

「その顔――というより、その鼻、吉右衛門殿に似ておる」

「確かに――」

吉右衛門は、うなずかざるを得なかった。

一之進の言う通りであった。言われなくとも、見ただけでわかった。

顔の真ん中にぶら下がった男根《へのこ》の如き鼻。

こういう特徴のある鼻は、そういくつもあるわけではない。

「これは、いったい、どういう……」

「あの、雨宮殿の屋敷が襲われ、人が殺されたあの日、生き残った者がいたということだ」

「いたのですか、生き残った者が――」

「いた」

「しかし、先日おいでになった時は、そのような話はしていらっしゃらなかったのでは？」

「あの後じゃ」

「後？」

「ここから帰って、赤井様の役宅へ顔を出した時、そこへ、すでに来ていたのじゃ――」

「どなたが？」

「この人相書きに描かれている人物を見たという人間じゃ」

「誰なのです？」

「言えぬ。その人物を守るためじゃ。言わないでくれと頼まれ、約束をした」

「あの火事のあった日、雨宮様の屋敷に、その方がいたということですね」

「まあ、そういうことじゃ」

「それで？」

「その時、雨宮の屋敷を襲った者たちのうちのひとりの顔を、その人間が見たという。で、さっそく人相書きを作ったというわけじゃ」

「それが、これというわけですね」

「うむ」

「確かに、わたしに似ております。しかし、わたしは――」

「皆まで言わずともよい。わかっておる。吉右衛門殿は、病葉《わくらば》先生とずっと一緒におられたのだ。吉右衛門殿が、雨宮の屋敷を襲った連中の仲間などとは、誰も思ってはおらぬ。ただ――」

「ただ？」

「吉右衛門殿の他に、このような鼻をしている者を御存知ではあるまいかと思うてな」

「――」

「顔つき――いや、鼻つきが、御自身とよく似ている者がいるという話を耳にしたことなどは、ござらぬか」

「ござりませぬ」

「さもなくば、御兄弟か、あるいは親戚筋に、このような鼻をした者はござりませぬか――」

「わたしに兄弟はおりませぬ。縁者に似た鼻をした者がいるかどうかも、今はわかりかねます。親類筋というても、わたしは一度も赤穂に行ったことがない故、何とも申しあげられませぬ」

以前、何かのおりに、堀河の家が赤穂の出であるということは、一之進にも伝えてあったはずだ。

吉右衛門は、人相書きを折って、一之進に向かって差し出した。

「左様か——」

一之進は、それを受け取り、もとのように懐におさめた。

「いや、お手をわずらわせた」

それから、わずかな時間、四方山《よもやま》の話をして、一之進は腰をあげ、帰っていったのである。

二

縁側で、ずっと仰向けになったまま、吉右衛門は一日をすごした。

昼の食事もしなかった。

午後になって、陽差しが当たるようになると、ごろりと奥へ転がって、そこに仰向けになった。しかし、とうとうその奥まで陽差しに追いつかれた。陽から逃げるためには、座敷の方まで転がってゆくしかないのだが、そこで、吉右衛門は動くのをやめてしまった。

さすがに暑くなったのか、ずっと腹の上で眠っていた猫の悟空も逃げ出した。

普通の者であれば、暑さでどうにも我慢がきかなくなる頃、天を雲が覆って、夕立が降りはじめた。

吉右衛門は、眼を閉じたまま、その夕立の音を聴いていた。

雨が、屋根を叩《たた》く音。

太い雨粒が地を打つ音。

桜の枝に、雨が降りかかる音。

吉右衛門は、縁側の板にあてた背中でその音を聴いていた。

それらが、一緒になって、背中から静かに響いてくる。小さくはない音であったが、けたたましくはない。なつかしいような、聴いていると、うっとりと眠くなってくるような音だ。

どういうわけか、この雨でも鳴き止《や》まない蟬が一匹だけいて、その一匹の蟬の声だけが、雨音に混じってずっと聴こえていた。

他の蟬が鳴き止んでいるのに、どうして一匹だけが、この雨の中で鳴いているのか。

何匹もの蟬の中には、そういうやつもいるものだ——意識の隅で、吉右衛門は、そんなことを思っている。

吉右衛門の眼に、涙が滲《にじ》んでいる。

ほどなく、雨音がまばらになり、やがて、雨音が消えた。

嘘《うそ》のように、熱気が消えていた。

眼を開く。

大地が、みずみずしく濡《ぬ》れていた。

軒下から見あげると、空が銀色に光っているのが見える。

やがて、銀色に光っていた空が割れて、そこに、驚くほど美しい青い天が覗《のぞ》いた。そこから、陽光が差し込んでくる。

いつの間にか、蟬の鳴く声が増えていた。

どこかで雨宿りでもしていたのか、金魚売りの声が響いてきた。

また、陽差しが吉右衛門の上に注ぎはじめた。

ゆるやかに、蟬の声と共に熱気がもどってくる。しかし、夕立の前よりは暑くはない。

海からの風が、吹いてきているからだ。風の中に、微《かす》かに潮の香りがする。

ようやく、吉右衛門は身を起こした。

縁側に胡座をかいて、ぼんやりと、濡れて光る地面を見つめている。

下駄の音がした。

その音が、近づいてくる。

なつかしい、知った足音だ。

顔をあげると、千代が向こうからやってくるところであった。

眼が合うと、

「きちゃった――」

そう言って、千代は、ちろりと赤い舌の先を覗かせた。

三

食事が済んだ時には、あたりは暗くなりかけていた。

千代は、膳を下げ、洗いものをいそいそと済ませて、吉右衛門の所にもどってきた。庭を眺めていた吉右衛門のすぐ横に千代は座した。

ちらりと横眼で吉右衛門を見て、千代はすぐにその眼を伏せた。

言葉はない。

灯りも、点《とも》さなかった。

まだ、互いの顔の表情を見てとれるほどには明るかった。

「ねえ、訊《き》いてくれないの？」

千代は言った。

「何のことだね」

ぼそりと吉右衛門が言う。

「これまで、三日もどうして来なかったんだって――」

「――」

「訊いてよ」

拗《す》ねたように、千代は言った。

「これまで、三日もどうして来なかったんだね――」

「お父っつぁんが、行くなって――」

「行くなって、ここへってことかい」

「そう」

「どうしてまた、急に――」

「たぶん、犬のことを話したからだと思う」

「犬のこと？」

「四日前の夜、犬が来たでしょう……」

「あのことを話したのか？」

「うん」

千代は、こくんと白い顎を引いてうなずいた。

「そうしたら、お父っつぁん、難しい顔をして黙っちゃって――」

やがて、

「しばらく、あそこへは行かねえほうがいいかもしれねえ」

そう言ったというのである。

「どうして？」

千代は長兵衛に訊ねた。

「それが、おれが耳にしている犬とおんなじなら、いずれ、よくねえことが起こるからよ
――」

「あの犬が、何だっていうの？」

「浅草の、賭場《とば》ア荒らしたり、人を嚙《か》み殺したり……」

「人を嚙み殺した!?」

「怪しい犬だ。あちこちから、あまり、いい噂《うわさ》は耳に入《へ》ってこねえ」

「あの、髪結いの新さんも、犬に後を尾行《つ》けられたことがあるって言ってたようだけど……」

髪結いの新三郎が、からくり屋敷までやってきて、吉右衛門の髪を切っていったことがあったが、その時に、犬の話をしたはずであった。

病葉十三《わくらばじゅうぞう》が、やってきた時にも、十三と吉右衛門の会話の中に、犬という言葉を耳にしたが、ふたりの会話に加わっていたわけではなく、外にいたり、茶の用意をしたり、細々としたことをやっていたので、それがどういう話であったかまでは千代にはわからない。

「しばらく前《めえ》にも、本所の銕《てつ》がここへやってきて、その話をしていったよ」

「あの、長谷川様の？」

「ああ。こういう商売《しょうべえ》をしていると、あちこちから、色んな話が耳に入《へえ》ってくるんだよ」

長兵衛は言った。

長兵衛のやっている〝てごろ屋〟というのは口入れ屋である。口入れ屋というのは、現代風に言うなら、職業斡旋所《あっせんじょ》のようなものだ。

仕事が欲しい者は、口入れ屋にそれを頼んでおく。そこへ、人手が欲しい者が、こういう仕事をしてくれる者はいないかと声をかけてくる。

仕事を捜している者に仕事を提供し、人手を求めている者に、その人手を提供し、その間に動く金の一部を、中間にいる口入れ屋がもらう——そういう仕事である。

「銕つぁんがやってきて、このところ、穴掘りの仕事をする者を捜してる奴がいるらしいが、ここへはそういう仕事の話はきてねえかいって言うのさ」

長兵衛は言った。

「何だい、銕つぁん、穴掘り仕事をしてえのかいって訊いたら、そうじゃあねえ、そういう仕事をする者を捜しているところがあるかどうかってえことだけを知りてえのだって言うから、知らないねえと答えたんだが、犬の話が出たのは、その後だ……」

ところで、ついでなんだが、おかしな犬の話は耳にしちゃあいないかい——銕三郎がそう訊ねてきたというのである。

「おかしな犬?」

「黒い犬だ。人の後を尾行けたり、賭場を荒らしたり……」

「その話は、聴いておりますよ。尾行けられたのは、髪結いの新三郎でしょう」

「ああ。他にも、武士《さむれえ》をひとり嚙み殺したりしているんだが――」

「そりゃあ、初耳だ。どこのお武士《さむらい》様で?」

「そこまでは言えねえが、こういうことだ」

　そう前置きをして、鋳三郎があれこれと語ってくれたことがあったのだと、長兵衛は言うのである。

「それで、しばらく行くんじゃないって、お父っつぁんが言いはじめて……」

　千代は言った。

「今日はね、お父っつぁん、寄り合いがあるからって、出かけて行ったの。だから、その隙《すき》にこっちへ顔を出したの」

「よかったのかね」

「いいのよ。お父っつぁんの言うしばらくは、これまでの三日で済んだんだから――」

「そうかね」

「気のない返事――どうしちゃったのよ。あたしが来たのが嬉《うれ》しくないの?」

「嬉しいさ」

吉右衛門は言った。

しかし、その声が硬い。

沈黙があった。

その沈黙の中で、空の残光が消えてゆき、闇《やみ》が深くなってゆく。

「これまで、訊いたことはなかったけれど、奥様をもらったことは……」

千代は、庭の闇を見つめながら言った。

「ない」

「もらうつもりは……」

千代の声が、細くなった。

また、沈黙があって、

「ない……」

低い声で、吉右衛門は答えた。

と——

庭の闇の中、井戸のあたりで、ふわりと緑色の光が、宙に浮きあがった。

その光が、明滅しながら、宙をふわり、ふわりと動いてゆく。

「螢……」

千代がつぶやいた。

ただ一匹、どこから迷い込んだのか、螢が舞っている。

今日の昼、雨の中で一匹だけ鳴いていた蟬のことを吉右衛門は思い出していた。

「千代よ、おれは、あの螢じゃ」

吉右衛門は言った。

「おれは、妻《めと》を娶るつもりもないし、子をなすつもりもない……」

その後に、長い沈黙が続いた。

黙ったままのふたりが見つめる闇の中で、螢が明滅しながら宙を飛ぶ。ふわりと浮き、消えて、少し別の場所で光り、それがふわりと沈み、ふっと横へ動く。

飛びながら、螢は、離れてしまった仲間を捜しているようにも見えた。闇の向こうにある別の世界へぬける入口を捜しているようにも見えた。一瞬、光が消えた時、螢は、ほんとうに少しの間だけ、別の世界に行っているのかもしれない。

「そういうことじゃないの……」

千代が、ぽつりとつぶやいた。

「子供が欲しいんでもないの……」

その後の言葉を、千代は続けることができなかった。

吉右衛門も、千代のその言葉に対して、応《こた》える言葉を口にしなかった。

また、沈黙があった。

いつの間にか、螢の光がどこかへ消えてしまっている。捜していた別の世界への入口を見つけ、そちらへ飛んでいってしまったのか、ただ単にどこかへ行ってしまったのか。

「帰ろうかな……」

千代が、言った。

吉右衛門は答えない。

千代が立ちあがった。

縁側まで歩いてゆき、腰を下ろして、下に脱いでいた履物へ足をのせた。

「送ろう」

吉右衛門が立ちあがった。

「いい」

すでに、千代は履物に両足をのせて庭に立っている。

「もう夜だ。女のひとり歩きはぶっそうだ」

吉右衛門が、縁側に立った。

「独りで帰る」

千代は背を向けたが、まだ足を踏み出してはいない。

「送ろう」

吉右衛門が、縁側から足を下ろしかけた時——

ちりん……
吉右衛門の背後で、あの鈴が音をたてた。
ちりん……
ちりん……
鈴が、さらに音をたてた。
「千代、動くな」
素足のまま、庭に飛び下り、吉右衛門は千代の前に出た。
と——
前方の闇の中に、灯りが見えた。
その灯りが近づいてくる。
人影だ。
誰かが、手に提灯《ちょうちん》を持ってやってくるのである。
その人影は、近づいてくると立ち止まり、
「千代、ここだったか——」
そう言った。
千代の父、てごろ屋の長兵衛であった。
身体はずんぐりしているが、肩幅の広さがどこか頑固そうな五十三歳の親父《おやじ》であった。

髪に、少し白いものも混じっている。

「これはこれは堀河様、いつも千代がお世話になっております――」

と、長兵衛は頭を下げた。

「寄り合いがあって、少し家を空けておりました。帰ったら、千代の姿がございません。おそらくこちらであろうと思い、こうしてやってまいりました」

「いや、いつも世話になっているのはこちらじゃ。礼を言うのに、足を運ばねばならぬのは、こちらの方じゃ……」

「いえいえ」

と、長兵衛が、また頭を下げる。

顔をあげ、

「堀河様――」

と、長兵衛は吉右衛門を見た。

「近頃、ぶっそうなことが、多うございます。それ故、千代には、あまり外へは出歩くなと申しました……」

「ええ」

「両国橋の辻斬《つじぎ》り、岡田屋さんへの押し込み、雨宮様のお屋敷の火事と、それから大黒堂の火事――このところ、何やら剣呑《けんのん》なことばかりが起こっております……」

長兵衛の言う通りであった。

そのいずれの時にも死人がでており、そのいずれの場合にも、吉右衛門は現場にいた。

岡田屋の場合は、現場にはいなかったが、このからくり屋敷にも来たことのあるお雪が死んでいる。

大黒堂の火事については、長兵衛は、吉右衛門が現場にいたことは知らないであろうが、雨宮家にゆこうとしていたことは、すでに耳に入っているはずだ。雨宮家の一件と大黒堂の一件をひとつの事件と考えれば、吉右衛門がその全《すべ》てのできごとに、直接、間接に関係していることを、長兵衛は知っていることになる。

「わたくしのような商売《あきない》をしている者には、色々な噂が耳に入《へえ》ってまいります。本当のこと、嘘のこともありましょうが、中には、いずれとはわからずとも、気になるものがござります……」

「黒い犬の件ですね」

「千代から聴きましたか」

「はい」

「その犬の噂は、堀河様のお耳にも入っておいででしょう」

「はい」

「その黒い犬が、ここにも現われたと千代から聴いております。本当のことですか――」

「本当です」

「わたしは、商売がら、事の匂《にお》いを嗅《か》ぐことで、あまり間違ったことはござりませぬ」

「――」

「こっちの方へ行ったら危ない。あっちの方へ行ったら、穴にはまりそうだという、妙な勘《かん》が働くのでござります――」

「――」

「かような商売をしておりますと、その鼻がきかなきゃあならない。危ない仕事を、初《はな》っから嗅ぎわけることができねえと、他人《ひと》にだって、仕事を按排《あんばい》よく紹介できません。今度は、そのわたしの鼻が、妙にいやな臭《にお》いを嗅いでいるのです」

言いながら、長兵衛は、顎を二度、三度と引きながらうなずいている。

見た目は、そこらにいそうな好々爺《こうこうや》という外見だが、それまで様々のことをその眼に見、体験してきているのであろう。

言葉――というより、声の響きのひとつずつに、たしかな重みがある。ただ、でたらめな不安で口にしているのではないという、自信のようなものだ。

そして、まさしくそれは、正当な不安であり、怯《おび》えであろうと吉右衛門も理解をしている。

「そういったことの裏に、不知火の連中もいるらしい……」

「どうも、そのようで――」

「これはどうも、このいやな臭いのするうちは、千代をこちらにゆかせぬ方がよいと思いまして、堀河様にはまことに申しわけござりませぬが、千代にはゆくなと申しました――」

「お父っつぁん、勝手なこと言わないで。この前までは、笑って、行っていいって言ってたくせに……」

「今は、事情が違う」

「そんな」

千代は、すがるような眼で、吉右衛門を見た。

「千代さん。わたしも、長兵衛さんと同じ考えだ。しばらくここへは顔を出さぬ方がいい……」

吉右衛門が言うと、千代は、呼吸を止めて、吉右衛門を見た。

千代の眼に、うっすらと涙がにじんだ。

「堀河様からそう言っていただけると、助かります」

長兵衛は、吉右衛門を見、

「ともかく、今夜は、これで失礼させていただきます」

そう言って頭を下げた。

「気をつけてお帰りください」

吉右衛門が言うと、

「はい」

長兵衛がまた頭を下げ、

「では、ゆこう、千代……」

千代の背を手で押した。

そのまま、千代と長兵衛は歩き出した。

三人ともに、無言であった。

提灯の灯りも、やがて見えなくなり、そこに立ったまま闇を見つめている吉右衛門の背後で、
ちりん……

と、鈴が鳴った。

四

長谷川銕三郎がやってきたのは、翌日の昼であった。

「天海僧正のお宝探しの方は、何か手掛りがあったのかい……」

縁側に胡座《あぐら》をかいた吉右衛門が訊ねた。

「そいつが、さっぱりで――」

縁側の縁に腰を下ろした、銕三郎が頭を掻《か》いた。

「無宿人の何人かの姿が最近見えなくなったってえ話は幾つか耳にしやしたが、それも、そう珍しい話じゃねえ。お宝掘りの方と関係があるのかどうか、そいつはなんとも――」

「そいつはよかった」

「よかった？」

「十三のところへは、顔を出したかい」

「へえ、昨日――」

「なら、聴かなかったかね」

「何をです」

「わたしが、もう、この件から手を引くってことをだ」

「すると、やっぱり本当だったんですかい」

「ああ、そうだ」

「どうしてまた？」

「深入りすれば、危険だからだ」

「そんなのは、初《はな》っからわかってたんじゃあねえんですかい。不知火の連中が、人の生命なんぞ、虫ほどにも考えちゃいねえってことくらい――」

「相手は、不知火の連中だけではない」

「他に、誰がいるんです」

「――」

「犬ですかい」

「――」

「言わなきゃあ、わからねえよ、先生。いったい、何が危ねえんです？」

「言うてもわからぬ」

「わかるかわからねえかは、言ってみてからだ」

「――」

「埒《らち》があかねえ。せっかく病葉《わくらば》先生に言われて来たんだが――」

「何を言われた？」

「気が変ったかどうか、様子を見てきてくれって――」

「気は変らぬ。あんたも、十三も、この件からは、手を引いたほうがよい。そうすれば、ここで平和に生きてゆける」

「何を言ってるんでえ、先生よう。せっかくいい話を見つけてきたってえのに――」

「いい話？」

「ほら、喰いついてきた」

「お宝の件は、だめだったと言っていたはずだ」

「見つけてきたいい話ってのは、そっちの方じゃあねえんですよ。犬の方で——」

「犬!?」

「黒い犬ですよう。そっちの方から、おもしれえことになってきやがったんで——」

「何がおもしろいんだ」

「博打《ばくち》仲間の千吉《せんきち》ってのが、神田をうろついてる時に、教《おせ》えてくれたんですよ——」

にいっと、鋳三郎は微笑した。

昨日の昼過ぎ——

鋳三郎は、その千吉と一緒に神田を歩いていたというのである。

神田あたりの顔見知りの何人かには、まだ、お宝掘りの話も、黒い犬の件も訊ねていなかったので、鋳三郎は、千吉を連れて出かけていったのである。もちろん、知り合いを捜して、あれこれ訊ねてみたかったからだ。

ふたりほどそういった人間を見つけて、さっそく黒い犬のことや、お宝掘りのことを訊ねたのだが、いずれも覚えはないとのことであった。

それで、他の人間を捜して歩いている時に、神田明神にさしかかった。

「あにき、ちょっと行ってくらあ」

千吉は言った。

「小銭《こぜに》のひとつも放り込んで、手を叩いてきてえんで――」

そう言って、千吉は、鳥居をくぐって境内に走り込んでいった。

ちょうど、千吉の妻のお芳《よし》というのが、子を孕《はら》んでいて、今月が産み月である。いつ産まれてもおかしくない状況であったので、気の利いた寺や神社の近くを通る時には、必ず寄って、安産を願って手を合わせている最中なのである。

錬三郎は、鳥居の下で、腕を組み、千吉を待っていたのだが、もどりが遅い。小銭を賽《さい》銭箱《せんばこ》に放り込み、手を叩いてくるだけなら、すぐもどってくるところなのだが、予想した時間の三倍、五倍の時間が過ぎても、千吉がもどってこないのである。

様子を見るため、境内に向かって歩き出したところへ、むこうからもどってくる千吉に出会った。人をひとり連れている。

「あにき、こいつは政《まさ》ってえケチな男で、偶然、賽銭箱の前で出っくわしたんで――」

「ほう!?」

「それで、久しぶりに会ってちょいと話をしたんですが、そん時にあれこれ訊ねたら、こいつが、妙なことを言うんですよ」

「どんなことを?」

「黒い犬を、斬り殺したやつがいるって――」

「黒い犬を？」

「それもねえ、ちょうどこの鳥居のすぐ近くのことだってえ言うじゃあありませんか――」

「ここでか!?」

「それも、三日前のことだって言うんですよ。あにきが、黒い犬のことを知りたがってたんで、こうして、ここへ連れてきやした。あとは、自分で訊いてみてくださいよ」

そう言われて、銕三郎は、政という男に、

「おれは、長谷川銕三郎ってもんだ。本所の銕って呼ばれてる」

と言えば、

「名前《なめえ》は、時々、この千吉から耳にしております。あたしは、政二郎ってえもんで、千吉たあ、この二、三年の遊び仲間で――」

という。

眼つきのぐあいや、三日前も、今日もこの神田明神にいるということは、どうやらすりであろうと銕三郎は見当をつけたが、そんなことは、この際問うことではない。

「なら、政二郎、その黒い犬が斬り殺されたって話をしちゃあくんねえかい」

「かまいませんよ」

そう言って、政二郎は、次のような話をはじめたのである。

ちょうど、政二郎がこのあたりへやってきた時、犬の吠《ほ》える声が聴こえてきたというのである。

声の方を見れば、若い男が、犬に吠えかけられている。

年齢は、二十歳前後と見える。

眼が不自由であるのか、足が不自由であるのか、左手に杖《つえ》を握っていた。

その男が、鳥居をくぐろうとした時に、その黒い犬に吠えかけられたものらしい。

「ひいいいっ」

男は、大袈裟《おおげさ》と思えるほど怯《おび》えた声をあげ、後ろへ退《さ》がる。男の、その怯えを見てとった犬がますます猛《たけ》って吠えた。

男の足が、がくがくと震えている。

男には、犬がよく見えているらしい。足は震えてはいるがしっかりしている。杖を持っているのは眼や足が不自由ということではないらしい。

男の怯えと悲鳴が、犬をさらに狂暴にさせた。

うるるるる……

犬が牙《きば》をむいて唸《うな》った時、

「わっ」

と叫んで男が後ろへ跳びすさった。

それを見た犬が、跳びかかった。

その一瞬、陽光にきらりと金属が閃《ひらめ》き、

「ぎあん！」

犬が声をあげて、血飛沫《ちしぶき》があがった。

犬が、横ざまに倒れていた。

見れば、男の右手に、剣が握られていた。

男が握っていたのは、杖に仕込まれた剣であったのである。犬に跳びかかられて、男は、思わず剣を抜いて犬に斬りつけてしまったのであろう。

犬は、まだ生きていた。

ぐるるる……

ぐるるるる……

喉の奥で唸りながら、まだ、倒れたまま、横眼で男を睨《にら》んでいる。

犬は、その首から左肩のあたりまでを、ざっくりと斬り下げられていた。

犬が、後肢《あとあし》と、左前肢を使って起きあがろうとしていた。這《は》うように、男に近づこうとしているようであった。

それを見て、

「わあああっ」

と、男は声をあげて、剣を握ったまま、そこを走り去ってしまったというのである。

黒い犬は、それからほどなく呼吸をやめた。

犬は、そのあたりをうろうろとしている野良犬であった。それが、殺されたからといって、事件にはならない。

そのままになった。

「なるほど……」

錬三郎はうなずいた。

話だけなら、犬に吠えかけられた者が、怯えてその犬を斬り殺したというだけのことなのだが、気になることがいくつかあった。

それは、その犬が黒かったことがまずひとつ。もうひとつは、その黒い犬に、その若い男がやけに怯えていたということだ。犬に吠えかけられたくらいで、斬り殺すことまでする必要はない。みっつめは、手に杖と見せた剣を持っていたことだ。

その時――

「話を聴いてて、今思い出したんだが、その、若《わけ》えくせに妙な杖を持っている野郎なら、見たかもしれねえ……」

つぶやいたのは、千吉である。

「いつ、どこだ!?」

鋏三郎が訊いた。

「二日前、永代橋《えいたいばし》の下で――」

「なに!?」

「あすこは、川人足《にんそく》や、無宿人の溜まり場みてえになっておりやしてね。夜、あの橋の下を寝ぐらにする者《もん》もおりやす。雨が降りゃあ、それを理由に、どうせ水で濡れる稼業のくせして、仕事を休んで、橋の下ではした金を賭《か》けて賽《さい》を振ったりしてる……」

「ああ」

鋏三郎も、そのくらいは承知している。

たいした金が動くわけではないが、雨になると、そこそこ人が集まって遊んでゆく。

「あたしも、たまに顔を出して遊んでゆくんですが、二日前にも雨が降ったんで、久しぶりに、あすこへ顔を出したんですよ――」

その現場に、杖を持った若い男がいたというのである。

「妙に、顔の色の生《なま》っ白《ちろ》い男でね……」

橋下の隅の方で、金を賭けるでもなく、何をするでもなく、杖を両腕で抱えるようにして、うずくまっていたというのである。

二日前と言えば、黒い犬が斬り殺されたその翌日のことだ。

それで、その足で、鋏三郎は千吉と共に病葉十三のところへ出かけ、この件を報告したというのである。

ふうむ——

と、腕組みをしていた十三は、小銭を取り出し、

「すまんが、これで、少しその杖の男について、調べてきてはもらえぬか——」

千吉にその小銭を渡した。

「へい」

承知をして、千吉は、十三の道場を飛び出していった。

五

「で、その千吉が、今朝方、病葉先生のところへ、もどってめえりやした」

錬三郎は、吉右衛門に言った。

「そうかね」

吉右衛門は、短く、ただうなずいた。

あらかじめ、申しあわせてあったので、千吉がやってきた時、錬三郎も十三の道場にいた。

「あすこに出入りしている川人足たちの話だと、その若え《わけ》のが来るようになったのは、五

日ほど前からのようでして──」

五日前──と言えば、大黒堂が焼けた翌日からということだ。

「口は利かねえ、博打はやらねえ。昼間は出かけていて、夜にもどってきて、橋の下で寝る。雨の日は、昼んなってもそのまま動かねえ。といったって、雨の日は、あたしが見た、あの日一日だけだから、雨の日にいつも動かねえかどうかまではわかりやせんけどね──」

素性もわからない。

誰か、その若い男のことを知っている人間もいないらしい。

千吉が、そういう報告をしてきたというのである。

吉右衛門は、それを、鋳三郎から聴かされた。

「そんなわけで、今晩、出かけることになってるんで──」

鋳三郎は言った。

「出かける？　どこへだ」

「永代橋の下ですよ。夜にゃいるってえことなんで、病葉先生と一緒に、行ってみようと思っておりやす」

「それで、おれを誘いに来たのかね」

「いいえ、誘いに来たんじゃあなくて、様子を見にうかがったんで──」

「おれは、行かないよ。誘ってるんならな」

「もったいねえ」

「もったいない？」

「今、江戸で、妙なおもしれえことが起こってる。これは、それを、一番前の席で見物しようってえ話だ。わざわざ自分からそいつを見逃すってえこたあねえ──」

「──」

「もっとも、こいつは、あたしの了見ですけどね」

「十三は？」

「先生は、もう、胆《はら》あくくっちまってるからね。もう、あたしらが、横からどうしろこうしろという話じゃねえんですよう」

「銕つぁん。おもしろいとおまえさんは言うが、こいつは生命のかかった話になるよ」

「違いますよ、旦那。生命がかかってるからおもしれえんですよう。こう、背中の方がぞくぞくしてきて、なんとも言えねえ心もちになるんです」

「銕つぁん。おまえさん、根っからそういう事件事が好きなんだね」

「いいえ、事件事というよりは、その事件のことを調べて、その裏に隠れてるものをこっちの陽のあたるとこへ引きずり出すのが好きなんでさ」

「そうかね」

「普段は、まるで、ぬるま湯に浸《つ》かってるようなもんで、何にもおもしれえこたあない。博打なんぞやったって、女抱いたって、このぞくぞくするのに比べりゃあ、屁《へ》みてえなもんで――」

「へえ」

「十三も、おまえさんも、この件から手を引きそうにないか――」

銕三郎は、心からそう言っているらしい。

銕三郎は、頭を下げて立ちあがり、

「病葉先生から、もうひとつ、伝言がございやした」

そう言った。

「何だね」

「今夜のことが済んだら、一度、顔を出すと……」

「顔を？」

「一度、ゆっくりとお話をうかがいたいそうで――」

そう言って、銕三郎は、また頭を下げた。

「それじゃあ、これで失礼いたしやす」

顔をあげた時には、銕三郎は、もう向こうを向いていた。

蟬の声を背に浴びながら、銕三郎は去った。

巻の十　永代橋の男

一

土手から、生《お》い繁《しげ》った夏草の間を、下ってゆく。

草の中に、小さな道ができている。

天に歪《いびつ》な月が掛かっており、そこそこの月明りがあるので、灯《あか》りは持っていない。

下りきると、丸い石の転がる河原であった。その石の間から、いくつも月見草が生えている。見あげれば、右手に永代橋が空の四分の一を塞《ふさ》いでいて、その上の天に月が輝いている。

上げ潮であった。

河原から、大川に向かって小さな桟橋《さんばし》が出ていて、そこに川舟が三艘《さんそう》もやってある。

上げてきた潮が、ひたひたと川舟の腹を打つ音が聴こえている。それに、時おり、もやってある舟どうしがぶつかる、ごつん、ごつん、という低い音が混ざる。

くさむらで、夏の虫が鳴いていた。

「どうも、妙ですぜ……」

声をひそめて言ったのは、先頭を歩いていた千吉である。

「ああ……」

うなずいたのは、その後ろを歩いている銕三郎《てつさぶろう》であった。

千吉が、足を止めると、銕三郎、十三《じゅうぞう》も草の中で足を止めた。

吉右衛門がゆかぬと言ったので、永代橋まで、この三人でやってきたところであった。

「何がおかしいのです」

十三が、低い声で問うた。

十三の切れ長の眸《め》が、細く光っている。

顔の色はいよいよ白く、一見は女のようにも見える。薄い唇に、凄愴《せいそう》の気配があった。

「あまりにも、静かすぎるんで……」

確かに、静かであった。

橋の下で、火を焚《た》いているらしく、橋の裏側に、赤い光が揺れている。小さく火のはぜる音も聴こえていた。

草と石の間から、ちろちろと炎の色も見ることができる。

しかし、人影が見えない。

人の声もしない。

人の気配がないのである。

「このくれえじゃあ、まだ、眠る者はいねえ。話をしたり、誰かが酒でも仕込んでくりゃあ、それを飲みながら、騒いでる頃だ。賽《さい》を振ってたって、おかしくはねえ……」

多い時は十人、少ない時でも、四、五人はこの橋の下にいるはずだと、千吉は言うのである。

「確かに……」

鋏三郎は、さらに声をひそめて言った。

ここへ、顔を出したこともある鋏三郎には、千吉の言う意味がわかる。

「待て――」

十三が、千吉と鋏三郎の会話を止めさせた。

「血の臭《にお》いです……」

十三が言った。

すでに、三人は、誰からともなく草の中に身を沈めている。

「ち、血の臭い!?」

千吉が、しゃがんだまま、四つん這《ば》いになるように、草の中に両手を置いて、さらに頭を低くしようとしたその瞬間――

「へやあああっ」

叫び声をあげていた。

「どうした」

銕三郎が言う。

「こ、ここに妙なものがあるんで。そいつに今、指が触っちまった。ぐんにゃりしていて、しかも、濡《ぬ》れて……」

と、そこまで言った千吉の声がそこで裏返った。

「げえええっ！」

千吉が持ちあげた右手の指先が、月光の中で濡れて光っている。水ではない。血であるとわかる。

「し、屍体だ。ここで、人が死んでやがる」

千吉が、腰をよじるようにして退《さ》がり、銕三郎と並んだ。

十三が、前に移動した。

草の中に、人が、仰《あお》向《む》けになって倒れている。

それを、月明りの中で見下ろし、

「頸《くび》を斬られている……」

囁《ささや》くように言った。

「頸!?」

鋏三郎が訊《き》いた。

「やったのは、不知火《しらぬい》の連中だ」

鋏三郎が、十三に並んで、その屍体を見た。

人足風の男が、仰向けになったまま、眼を開いて月を見あげて死んでいた。

その頸のところに、あの傷跡があった。

「鋏兄い、おいら聴いてねえぜ、こんなやべえ仕事だってよう」

「言いてえこたあ、後で聴いてやる。今は、胆《はら》アくくれ。うろたえるんじゃねえ」

「わかった」

千吉が、おとなしくなった。

じわり、じわりと、三人は、身を低くしたまま、草の中を移動してゆく。

橋の下に達するまでに、さらにふたりの屍体を見つけた。

いずれも、あの若い男ではない。

橋の下までたどりついた時——

「だ、誰か……」

細い、男の声が聴こえた。

「た、助けてくれ……」

その声の方へゆくと、大川の水に身体の下半分を浸《つ》け、岸側に上半身を伏せるようにして倒れている男がいた。

その男が、顔をあげてこちらを見ていた。

三人は、這うようにして、そちらへ移動した。

銕三郎が、水の中に入って、男を岸までひきずりあげた。

右肩から腰にかけて、背をざっくりと斬られている。逃げようと背を向けた時、背後からそこを斬り下げられたのであろう。ひと目見て、もう助からぬ傷とわかった。

岸に、男を仰向けにした。

大量の血が流れ出たのであろう。

月明りのせいだけでなく、顔色がすでに死人《しびと》のように青かった。

しかし、まだ生きているところを考えると、この惨劇があったのは、それほど前のことではないらしい。

「ひ、ひでえ、いきなり斬りつけてきやがった……」

細い息を吐きながら、男は言った。

「どうしました、何があったのです?」

十三が問う。

「お、おれたちが、壺《つぼ》を振ってるところへ、あ、あいつらが来やがったんだ」

「あいつら？」

「浪人ものと、お、女……」

「それから？」

「男がふたり……」

「四人か、四人が来たのですか？」

「そう……そうだ」

「その四人に、やられたのですね」

「いきなりだ。何でやられたのかわからねえ……」

「ほんとうに、いきなり？」

「は、鋏《はさみ》だ、鋏かもしれねえ」

「鋏がどうしたのです」

「そ、その鋏を見ちまったのが、きっかけだった……と思う」

それから、男は、次のような話を始めたのであった。

二

男は、藤吉《とうきち》と言った。

川人足だ。

博打《ばくち》を始めたのは、夕刻からだった。

流木を拾って、それに火を点《つ》け、その灯りの中で、壺を振って、小銭のやりとりをしていた。

その時、そこにいたのは、同じ人足仲間の一郎太《いちろうた》、庄助《しょうすけ》、吉次郎《よしじろう》、八郎兵衛《はちろべえ》、佐平《さへい》の、合わせて六人であった。

そこへやってきたのが、浪人風の男と、町人の風体《ふうてい》をしたふたりの男——そしてひとりの女だった。

その女の足元に、黒い犬がいる。

妙な組み合わせだった。

「凄《すげ》え女だぜ……」

横にいた吉次郎が、藤吉の耳に口を寄せて囁いた。

「あげくの女だ」

吉次郎は、時おり口にする言葉を、そこでまたつぶやいた。

あげくの女——というのは、吉次郎の造語だ。

「ひと晩に一回、二回、三回、やるたんびに、綺麗《きれい》になっていきやがる女がいるだろう——」

ある時、酒を飲みながら、吉次郎がそんなことを言い出した。

「眼がとろんとして、心があっちの方へ行っちまったようになって——まあ、だいたいがとこ、女はそういうもんだ。よがりながら、歯アむいたり、口ん中見せるだけ見せたりする女も、そりゃあそれで男にゃあたまらねえ。やってると、女のからだん中に隠れてた本性てえのか、そういうもんが出てくるからだろう……」

みんなが、吉次郎の言うことに、うなずいている。

「しかし、これがよう、四回、五回、六回、と責め続けてると、何かが急に緩んじまう」

「なんでえ、その緩むってなア」

藤吉が訊《たず》ねる。

「いや、それが、緩むとしか言いようがねえのさ。女というより、なんか、ものというか、なんて言やあいいのかな、そうだ、死人《しにん》だ。生きてるのに屍体みてえなもんになっちまうってえのかなア……」

吉次郎は、その時、もう酔っている。

「そりゃあ、吉次郎、おめえの思い込みだろう」

「そもそも、ひと晩でそんなに女とやれるものか。百年、女郎やった女だって、いやがるだろうよ」

「吉次郎、てめえが、それほど女を知ってるたあ思わなかったぜ」

皆も酔っているから、口々に勝手なことを言う。

それにかまわず、

「だがよ、時々、そういう女と、女が違う女がいるんだよう……」

吉次郎は言った。

「なんだ、その女と女が違う女ってのは？」

「あげくの女だよう」

「あげくの女？」

「だからよ、緩まねえ女がいるんだよう。緩まずに、その先へ行っちまう女がよう」

「その先だとう？」

「やるたんびに、こう皮がむけて、別の女が女の中からあらわれて、やってやってやった
そのあげくの果てに、なんてえのか、こう菩薩《ぼさつ》さまというよりは、この妖物《ようぶつ》ってえのか、
怖《こえ》えくれえに、凄え女になっていくんだよう――」

「新しい枕本の話かい、吉次郎」

「ちがわい、そういう女が本当にいるんだよう」

そういう話を、何度かこの橋の下でしたことがあったのである。

〝あげくの女だ〟

と、吉次郎に耳元で囁かれた藤吉自身も、その女を見るなり、どきりとした。

女は、その背に、紐《ひも》で三味線を負っていた。小料理屋の二階で、男の客相手にその三味

線を弾いているのが似合いそうな女だった。

炎の灯りが、その女の顔を斜め下から照らしている。額にほつれた髪が幾筋もかかっている。

艶《なまめ》かしい笑みが、その赤い唇に浮いていて、その唇がうねうねと動き続けている。火照った眼が、涙をこぼす寸前のようにうるんでいる。白い歯の向こうに、赤い舌先がちろちろと覗《のぞ》いていた。

ひと晩中男に弄《もてあそ》ばれたその後で、ますます生々と蠢《うごめ》く肉を持った生きもの。男が動けなくなって眠ってしまっても、女だけが妖《あや》しい蛇のようにまだ起きて、男の精を啖《くら》ってい
る――そういう女が、藤吉の眼の前にいた。

その女の足元に、どういうわけか、黒い犬が、寄りそうように立っている。

女と並んだ浪人は、右手に持った剣を、肩に担いでいる。表情を動かさない男であった。

その眼に、炎の色が映ってちらちらと揺れている。

町人風の男のうちのひとりは、にこやかでやけに愛想がよかった。

もうひとりは、常に、小動物のように、眼があちこちへうろうろと動き続けている。

「三の字、おめえが訊きな」

愛想のいい町人風の男が言った。

「あいよ、平《へい》さん」

三の字と呼ばれた男が、焚火《たきび》のそばへ寄ってきて、

「ちょいと訊きてえことがあるんだけどね」

揉《も》み手《て》をしながらそう言った。

「なんでえ、訊きてえことってのは？」

そう言ったのは、庄助であった。

「この四、五日、夜んなるとやってきて、この橋の下で寝ていく若《わ》え《け》のがいると思うんだが……」

「あのへちま野郎か」

「へちま野郎？」

「ひょろっと顔の長《なげ》え、妙な若えのだ。博打もやらねえ、ほとんど口も利かねえ」

「今夜は？」

「いつもだったら、もうとっくに来てるとこだが――」

庄助は、確認するように、仲間の方を見た。

「まだ来ちゃあいねえよ」

八郎兵衛が言った。

「平兄《あに》い、なら、ここで待ちますかい」

三の字が言うと、

「待ったって、来るたあ限らないよ」

藤吉が首を振った。

「ある時ふらっとやってきたやつが、ある時ふらっといなくなって、それっきりなんてこたあしょっちゅうだよ。こんなとこを寝ぐらにしてるなあ、みんなわけありだ」

「誰か、その若えのの名前《なめえ》を聴いちゃあいねえかい」

にこやかに笑いながら、〝平兄い〟と呼ばれた男が言った。

「聴いてないね」

これは庄助だ。

庄助は、仲間を見回し、

「誰か、聴いてるかい」

そう訊ねた。

「いいや」

「知らないね」

藤吉と、佐平が同時に言った。

「なら、しかたねえ。帰ってくるも来ねえも、しばらくここで待たせてもらおうかい」

〝平兄い〟は、そう言って焚火の横にある石の上に腰を下ろそうと身をかがめた。

その時——

〝平兄い〟の懐から何かが滑り落ち、かちゃりと音をたてて、河原の石の上に転がった。

「おっといけねえ」

〝平兄い〟は、それを拾ってまた懐へ入れた。

「へえ、おまえさん、また妙な鋏を持ってるじゃあねえか」

庄助は言った。

ふんどし姿で、上に、ぼろぼろの綿を羽織っただけの庄助は、蚊に食われた尻を、汚れた指の爪《つめ》でぼりぼりと掻《か》きながら言った。

「普通の鋏より、やけに長えし、刃は厚く、鋭い――」

「あららら」

〝平兄い〟は、懐へ手を突っ込んだまま声をあげた。

「見られちまったようだねえ」

まだ、〝平兄い〟は、満面の笑みをたやさない。

「見たよ。だけど、そりゃあまた、何に使う鋏なんでえ？」

庄助は、くったくがない。

「どうしよう。教《おせ》えてもいいのかねえ」

〝平兄い〟は、にやにやしながら、浪人風の男を見やった。

「教《おし》えた方がよかろう。見られてしまったわけだからな」

「わたしらの顔もねえ」

女が言った。

「顔か鋏か、どちらかならよかったんだが、両方見られてしまったのでは、教えぬわけにもゆくまい」

「そうかい、教《おせ》えなきゃあならねえか」

「そうね」

「うん……」

浪人風の男がうなずいたその時、ふいに、〝平兄い〟の懐から〝平兄い〟の、鋏を握った右手が引き出された。

「こう使うんだよ」

ずぶりと、鋏の刃先が、庄助の頸の中に潜り込んでいた。

ぞきん、
という、不気味な音が響いた。

肉が、鋏で切られる音だ。

〝平兄い〟が、すっと後方に退がると、ぴゅう、ぴゅう、と、傷口から大量の血が外に飛び出てきた。その血を浴びないように、〝平兄い〟は上手に横へのいていた。

「あ、あ、な、なにしやがんでえ」

庄助が、右手で頸を押さえた。

その右手の指の間から、なおも血が噴きこぼれてゆく。

二歩、三歩歩いて、崩れるように、庄助は顔から炎の中に倒れ込んだ。

火の粉が舞った。

庄助は、炎の中からいったんは起きあがり、ばたばたと河原を走ったが、そこで倒れて動かなくなった。

「お、おい、てめえら、いってえ――」

吉次郎が、言いかけた言葉を途中で止めたのは、浪人風の男が、ついっ、と前に足を踏み出してきたからである。

きらり、
と、金属に映った炎の色が、闇《やみ》にきらめいた。

吉次郎の首が落ちていた。

首が、まず河原の石の上に落ち、転がってゆく自分の首を追って、吉次郎は三歩歩いてから、止まった首を両手で捕えようとでもするように、その上に倒れ込んでいった。

「わあっ」

「ひ、人殺しだ」

一郎太と佐平が走って逃げようとするのへ、三の字が後ろからまず一郎太に飛びついた。

背後から抱きつき、胴を両脚で締め、両腕をその頸に巻きつけていた。

枯れ枝の折れるような音がした。

三の字――屁《へ》っぴりむしの三助が離れると、一郎太は石の上に倒れ込み、数度痙攣《けいれん》してから、動かなくなった。

その時には、走って逃げようとした佐平の背後から、〝平兄い〟が、その背へ、あの長い鋏を深く潜り込ませていた。鋏は、あばら骨の間からするりと肉の中に潜り込み、心臓から出ている血管一本を、そのふたつの刃の間にはさんでいた。

ぞっきん、
刃が、その血管を切っていた。

佐平は、四歩走ってから、すとん、とそこへ腰を落として、上体を前に倒すようにして死んでいた。

「双牙《そうが》はよく切れらあ」

〝平兄い〟――くさめの平吉は、笑った。

この時、たまらず、大川の方へ、藤吉は走り出していた。水の中へ跳び込んで逃げるつもりだった。

片足が、水の中にばしゃりと入ったその瞬間、後方から、浪人――蝸牛《かぎゅう》の剣で、背を断ち割られていた。

水飛沫《みずしぶき》をあげて、藤吉は大川の水面《みなも》へ、頭から倒れ込んだ。

「ありゃりゃりゃりゃ」

わけのわからない声をあげて、八郎兵衛が走って逃げてゆくその前に、ゆらりと立ったのは、女——山女魚《やまめ》であった。

八郎兵衛が、足を止めた。

「こいつ、あたしの勝手にさせてもらおうかねえ」

山女魚が、赤い舌を唇から出して、ひらひらと踊らせた。

「好きにしろ」

剣をひと振りし、血を払って、刀身を鞘《さや》にもどしながら、蝸牛は言った。

八郎兵衛は、山女魚に背を向けて、走って逃げようとしたのだが、それができなかった。

細い紐——三味線の絃《いと》が、背後からくるりとその頸に巻きついたのである。

「おでべっぱあっ」

奇妙な声をあげて、八郎兵衛は、自分の頸に巻きついてきたものに指を引っかけてはずそうとしたが、それはできなかった。

「げむむっ」

喉《のど》を鳴らすような声をあげたのは、指が、頸と絃の透き間に入り込むより先に、それが、強く頸を絞めつけてきたからである。

八郎兵衛は、仰向けに倒れた。

声をあげようとしたが、息ができなかった。

知らぬ間に、女が八郎兵衛の上に跨《また》がっていて、頸には二重に絃が巻きついている。

息ができない。

女が、八郎兵衛を見下ろしながら、後方に手を伸ばし、握った。二度、三度、女が擦《こす》りあげると、たちまちそれが硬くなって反りかえった。

「おやおや、いきなりこんなになっちまうんだねえ……」

濡れた淫蕩《いんとう》な女の眸《め》が、八郎兵衛を見下ろしながら笑っている。

苦しい。気が遠くなりそうであった。

その時——

絃が緩んだのか、

「ごげっ」

と、八郎兵衛は息を吐き出し、

「ひゅう……」

と息を吸い込んだ。

その瞬間に、また、絃が喉に喰い込んだ。

反りかえったものの根元に、絃が巻きつけられ、強く絞められた。

女が、反りかえったものを握り、腰を浮かせ、裾《すそ》を開いて、また腰を下ろしてきた。

熱いぬめりの中に、硬くなったものが呑《の》み込まれていた。

八郎兵衛は、眼の玉を剝《む》いている。

歯を喰い縛って、もがく。

「ああ、いいよ。おまえ、死ぬのよね。これから死ぬのよね」

女が、尻をくねらせながら、腰を上下させる。

八郎兵衛の顔は、紫色に膨らんでいる。

さっき、あのまま息を吸えなかったのなら、楽に死ねたところ、なまじ息を吸ってしまった。しかも、それは充分な量ではない。かえって苦しさを増しただけだ。

八郎兵衛は、もがいて暴れた。

「おまえ、死ぬのよね。死ぬのよね！」

女の声が高くなる。

喜悦の笑みが、女の顔に浮いている。

女は、腰をくねらせながら、背の三味線を下ろした。

女は、襟《えり》から両腕を出し、上半身を剝き出しにした。柔らかそうな乳房が夜気の中に現われた。のけぞるように、女の背が反りかえる。

その時、見えたのは、女の左右の脇腹にある、青い丸い痣《あざ》であった。それが、左右の脇腹に点々と散っている。渓流魚の山女魚《やまめ》の体側にある模様に似ていた。

女の上半身が、妖しくうねる。赤い炎の色が、女の身体の表面でゆらゆらと揺れている。

八郎兵衛の口が半開きになっていて、歯の間から、赤黒く膨れあがった舌が出ている。

女は、その舌を吸った。

顔をあげ、

「おまえの、いいよう。いいよう!!」

あっ、
と高い声をあげ、次に、低く獣のように唸《うな》る。硬く尖《とが》った乳首を、女は自身の指先でつまんでいじる。乳房を下からすくいあげて揉《も》む。こねる。

女——山女魚が動きを止めた時、下になっていた八郎兵衛も動きを止めていた。

山女魚が、八郎兵衛から降りて、ぬめぬめとした魚の腹のように白い腕を袖《そで》に通して立ちあがった。

三味線を拾って、またそれを背に負った。

八郎兵衛のそれは、まだ、生きているように天にむかってそそり立っていた。根元を縛られているため、死んだからといって、すぐに萎《な》えないのである。

八郎兵衛は、まだ、精を放っていなかった。

「山女魚よ、最後に気をやらせてやりゃあよかったのによ」

平吉は、けくっと喉をひくつかせて笑った。

「ふふん……」

山女魚が、絃を握った左右の手を軽く動かすと、八郎兵衛の頸と男根の根元に巻きついていた絃がするりとはずれていた。

「女を殺して、その最中にふんどしの中に洩《も》らすのが好きなんだろう、平吉。あんたに言われたくないもんだねえ」

その瞬間、八郎兵衛の肺が膨らんで、げふっ、と音をたてて、その口から息が吸い込まれた。さらに、その男根の先から、夥《おびただ》しい量の精が放たれ、あっけないほどかんたんに、それが萎えた。

「やったよ」

山女魚が言った。

「こたえられねえ女だなあ、山女魚よう」

平吉が言った時、山女魚の足元にいた黒い犬が顔をあげ、夜気の中に鼻を差し込んだ。

「む……」

蝸牛が後方を振り返るのと、

「くおむ！」

犬がひと声吠《ほ》えて走り出すのと同時であった。

「あっ」

と声があがり、
上流側の草の中で、人影らしきものが動いた。

ざばり、
と水音が響いた。

蝸牛、平吉、三助、そして山女魚が犬の後を追った。

草を分けて、四人が石の上に立った時、汀《みぎわ》に犬が立って、暗い川面《かわも》を緑色の眸で見つめながら、低く唸っている。

「川へ飛び込んで逃げたか——」

蝸牛がつぶやいた。

「捜してた若《わけ》えのかい」

平吉が言った。

「平兄い、たぶんそうですぜ。犬を見てすぐに逃げたのが証拠だ」

三助が、川面を眺め、上流へ視線を向けた。

右から左へ——潮は上流へ向かって大川を上がっている。

川面は、月光を受けてゆるゆるとうねりながら上流へ動いている。しかし、暗いため、人が泳いでいるかどうかを視認することは困難である。潜って泳ぎ、時おり、息を吸う時だけ水面に顔を出す——そういうことをされたら、まず、見つけきれぬであろう。

「上げ潮だ。岸へあがるとすりゃあ上流《かみ》だ。あっちの岸まで泳ぐにゃあ、よほどのたっしゃでなきゃあ無理だ。上流《かみ》を捜せ——」

平吉が上流へ向かって、岸づたいに小走りに走り出した。それに、他の者が続いた。

三

藤吉は、消えそうになる息と共に、そこであったことを語った。

もとより、それは、とぎれとぎれに語ったものであり、語られたのはそこであったことの一部である。それでも、藤吉の言葉から、いったい何があったのか、おおよそのことは呑み込めた。

「ほんの少し前《めえ》のことだ、奴ら、まだ、そこらに……」

そこで藤吉はしゃべるのをやめた。

藤吉は、死んでいた。

「銕つぁん、ここはひとまずずらかった方がいい」

身をかがめ、周囲の様子をうかがいながら千吉は言った。

その千吉の言ったことが耳に入らなかったかのように、

「舟だな」

十三は言った。

「舟？」

鋏三郎が訊く。

「さっき、舟が三艘つないであるのを見たでしょう。あの川舟を使えばいい」

「なるほど――」

うなずいた鋏三郎に、

「なんだよ、鋏つぁん。何の話をしてるんだよ。ここにいるのはやべえから、ずらかった方がいいって言ったろう」

千吉の口調は真剣である。

「その若えのを助け出すんだよ。もし、まだ、不知火の連中に見つかってねえんなら、川ん中だ。捜すんなら、舟がいい」

「なんでえ、ずらかる話じゃねえのかい」

「若えのを見つけて、舟に引きあげたら、そのまんまずらかりゃあいい」

「鋏つぁん……」

千吉が、切なそうに声をあげた。

「急ぎましょう、誰かきます」

十三が立ちあがって、舟のもやってあった場所へ向かって、小走りに走り出した。

鋏三郎と千吉が、その後に続く。

舟のところへついた時、声が響いてきた。

「ここだ。ここらあたりに舟があったはずだ。舟を使って捜しゃあいい――」

葦《あし》を掻き分けて、ふたりの男が姿を現わした。

浪人風の男でも、女でもない。

すると、このふたりが、〝平兄い〟と〝三の字〟らしい。

「舟を使うのを、もっと早く思いつきゃあよかったなア、平兄い――」

現われたふたりは、そこで十三たちを見つけ、慌てたように足を止めた。

「だ、誰でえ、てめえら――」

〝平兄い〟と口にした男――〝三の字〟、つまり、屁っぴりむしの三助が、左袖で顔の下半分を隠しながら言った。

〝平兄い〟と呼ばれたもうひとりの男――くさめの平吉も、左袖で顔の下半分を隠している。

もとより夜であり、わかるのは年よりか若い男かということくらいで、人相までは見てとれる明るさではない。

ふたりは、ぴいっ、ぴいいっと音をたてて左袖を裂き、それを顔に巻きつけて、眼だけを出した。

浪人と女のふたりは、上流《かみ》の岸辺で、川へ飛び込んだ若い男を捜しているのであろう。

「銕三郎、千吉、二艘の舟の艫綱《ともづな》を切って、川へ流せ――」

十三が、剣の柄《つか》に手をかけ、腰を落とした。

「承知」

銕三郎は、腰に差していた脇差《わきざし》を抜いて、桟橋にもやってある綱を、ぶつり、ぶつりと切った。

自由になった舟を、千吉が、どん、どん、と足で蹴《け》り飛ばすと、二艘の舟は桟橋を離れ、上げてくる潮に乗って上流《かみ》へ流されてゆく。

これで、残った舟は、一艘になった。

「乗れ」

十三が、剣を抜きながら言った。

「な、何をしやがる」

三助が、足を踏み出してきた。

銕三郎と、千吉が、舟に乗った。

あとは、十三が乗って、艫綱を切ればそれでかたがつく。川に浮いてしまえば、もう、相手には手が出せなくなる。

「させるか」

平吉の右手が動いた。

平吉と十三との間の月光の中に、きらりと何かがきらめいた。

それを、十三の剣が上へはねあげる。

きいん、
と、音がして、水の中に双牙が落ちた。

十三の剣が動いたその瞬間、あらかじめその動きを予測していたかのように、

「けええっ」

三助が頭から飛び込んで、十三にしがみついてきた。

「ぐわっ」

と、呻《うめ》いたのは三助であった。

上へ向かって跳ねあがっていたはずの、十三の剣の切先《きっさき》が、宙で反転して、三助の背を上から貫いていたのである。

十三の右手は、柄の鍔《つば》に近い部分を握り、左手は、いったん柄から離れ、三助の背をその切先が貫く瞬間、柄の尻を上から押さえるように握っていた。

同時に、十三は浅く腰を落としている。

しかし、三助は、しがみついたまま十三を放さなかった。

「平兄い、今だ」

口から血をこぼしながら、三助が叫んだ。

きらり、
きらり、
と、双牙が月光の中を疾《はし》った。

「ぬう」

ひとつは、三助の背から抜きざまに、剣で横にはじいた。

もうひとつは、剣では間にあわない。

顔を、横に振って避けた。

避けきれなかった。

ふたつめの双牙が、十三の左頬を裂いて、後方に疾《はし》り抜けていた。

ふっ、と息を吐いて、次に息を吸い込もうとした時、十三の呼吸が止まっていた。三助が、十三の襟を両手を交差させながら握っていた。頸が絞まっていた。

「くむっ……」

十三は、横から、三助の顔を剣で突いた。

三助の絞めつける力がさらに強くなった。三助が、大きく口を開いて笑った。その口の中に、左頬から右頬まで貫いている十三の刀身が見えた。がちりと、三助が、奥歯でその刀身を噛《か》んだ。剣が動かない。

十三は、迷わず剣から手を離し、脇差を抜いて、それを、三助の腹に突っ込んでねじった。

「ぐぐうむ……」

三助が呻く。

しかし、十三を捕えている力は緩まない。

十三の頸動脈が絞まり、意識が遠のく。

前へ出てこようとしたくさめの平吉を、舟から跳び降りた銕三郎が前に出て止めた。

くさめの平吉は、双牙を右手に握り、

「舟を渡せ」

顔の下半分を覆った袖の布を左手で持ちあげ、口を見せた。その口が笑っていた。赤い舌を出し、双牙の刃をべろりと舐《な》めあげて、袖の布を下ろした。

十三は、三助の腹の中に潜り込ませた刃先を上へ向け、下から斜め上に突きあげた。

三助が、眼を剥いた。

がっ、と口を開いて、ばしゃりと大量の血を十三の懐へ吐き出して、三助は河原にぶっ倒れた。

「かあああっ」

十三は、大きく息を吸い込み、左手に小刀を握りかえ、右手で三助の頬から剣を引き抜いて握った。

「銕三郎、舟だ」

十三が言った。

そこへ――

がさりと葦を分けて姿を現わしたのは、浪人と女――蝸牛と山女魚であった。山女魚の足元に、黒い犬がいる。

女も、浪人も、その顔を隠そうとはしていない。

「様子がおかしいからもどってきてみりゃあ、どういうことになってるんだい、これは――」

山女魚は、ぬめぬめと赤い唇を動かしながら言った。

「病葉《わくらば》十三……」

剣を肩に担いだ蝸牛が言った。

あの時、大黒堂の境内で十三が対峙《たいじ》したあの浪人であった。

「退《の》けい、平吉、おまえさんにゃ無理な相手だ」

蝸牛が、平吉の横に並んだ。

銕三郎は、じりじりと退がって、十三の横に並んだ。

「先生、あの黒い犬ですぜ……」

銕三郎は、唇の一方を吊《つ》りあげ、嚙んだ白い歯を見せた。

あるるるるるる……

黒い犬が唸った。

口吻《こうふん》がめくれあがり、牙が覗く。

犬の身体が、宙に躍った。

犬が、かっと口を開いて十三に向かって飛びかかってきた。

「えしゃあっ」

十三が、剣を、下から斜め上方へ跳ねあげた。

犬の首の付け根、肩口のあたりに剣が潜り込む。肩の骨を断ち割って、犬の首がそのまま落ちるかと見えた。

しかし――

がつん、と、犬の首に潜り込んだはずの剣が、途中で止まっていた。

断ち切れなかった。

想像以上に、犬の骨が硬く太かったのか。

犬は、首をねじまげるようにして、横の河原に降り立った。

ごららららら……

犬が、唸った。

その頭部に向かって、

「てえぇっ！」

十三が剣を打ち下ろす。

信じられないことがおこった。

犬が、横へ身体をずらしながら、落ちてくる剣を、上下の顎《あご》で、横咥《よこぐわ》えしたのである。

がちん、
と、刀身を噛み止められた。

動かない。

「ふへえええええっ!!」

そこへ、蝸牛が、右手で肩に担いでいた剣を抜きながら走り寄ってくる。

「ぬう!?」

十三が、剣を捨てて身をかわそうとした時、もうひとつのことがおこった。

横の草の中から、何かが飛び出してきて、犬の頭部にしがみついたのである。黒い小動物。

猫であった。

「しゃあああああっ!!」

猫が、その爪で犬の頭部を掻きむしる。

剣がはずれた。

今、まさに頭上から落ちてこようとする蝸牛の剣を、十三は下から受けた。

火花が散った。

「これでもくらいやがれ」

鋉三郎が、持っていた脇差を、蝸牛に投げつける。

ぎいん、
と、蝸牛が、左手に握った鞘でそれを横へはじく。

蝸牛の剣の圧力がゆるんだその隙《すき》に、十三はその剣を上へ跳ねもどし、

「舟だ、鋉三郎――」

叫んだ。

鋉三郎が、舟に飛び乗った。

十三は、そのまま、後ろも見ずに後方へ跳んだ。

舟に降り立つ寸前、宙でもやい綱を切る。十三が舟の上に着地した勢いで、すうっと舟が桟橋を離れた。

たちまち、岸との間に距離が広がってゆく。

「ざまあみやがれ」

鋏三郎が叫んだ時、鋏三郎の顔の前を、十三が剣ではらった。

きん、
と音がして、舟底の板に、かっと刃物が突き立った。

平吉の使う双牙であった。

「ほう、危ねえ」

鋏三郎が、言う。

「鋏つぁん、やべえよ。まだ顔をあげねえ方がいい」

千吉は、舟の上に顔を伏せている。

その顔のすぐ前に、双牙が突き立っている。

「もうだいじょうぶだ」

十三が言ったのは、大川の中ほどに舟が出て、岸に立つ人影も、闇にまぎれてもう見えなくなってからであった。

舟は、ゆっくりと上流《かみ》へ流されてゆく。

千吉が、立って棹《さお》を操っている。

「しかし、どうやって捜しゃあいいんですかねえ——」

暗い水面に浮かんで、千吉がそう言った時、水中から手が伸びてきて、いきなりぺたりと舟端を摑《つか》んできた。

「や、野郎!?」

立ちあがった鋏三郎が、その手を蹴りあげようとすると、

「おれだよ、鋏つぁん」

舟端に、顔が覗いた。

そこに、吉右衛門のひょろ長い顔があった。

「吉右衛門――」

十三が言った。

「頼むよ、十三、こいつを引きあげてくれ。おれひとりじゃあ、あげられねえ」

吉右衛門が、舟端を摑んでいるのは右手であった。

左手は、まだ水中にあって、何かを摑んでいる。

それは、人の襟首であった。

吉右衛門の横に、仰向けになった人が浮いていて、その浮いた人間の襟を、吉右衛門の左手が摑んでいるのである。

「わかった」

鋏三郎と千吉が、そいつを引きあげて、舟の上へ横たえた。

ずぶ濡れの吉右衛門が、自力で舟の上に這いあがってきた。

五人が、狭い舟の上に乗ったため、いっぱいになり、舟端近くまで水が来ている。

「上手にやれよ、千吉、向こう岸へ着けるんだ……」

錬三郎が言った。

「吉右衛門さん、この男は？」

十三が訊いた。

「雨宮十郎太——雨宮家の生き残りじゃ」

袖をしぼりながら、吉右衛門が言った。

「まだ生きてますぜ」

錬三郎が言った。

十三が、十郎太をうつぶせにし、背を膝《ひざ》で押した。

一度、二度押すと、大量の水がその口から吐き出されてきた。

また、十郎太を仰向けにする。

二十歳前後と見える、まだ若い男だ。

「心配ない。放っておけば、じきに息をふき返すはずじゃ」

吉右衛門が言った。

立っているのは棹を操っている千吉だけで、残った者は、重さがかたよらぬよう、十郎太の周囲に上手に腰を下ろして、身を低くしている。

「やはり来たのですね、吉右衛門さん——」

十三が、吉右衛門を見やった。

「どうにも気にかかってな、我慢しているよりは行った方が気が休まるであろうと思うて、来てしまった——」

吉右衛門は、昏の端で、ほんのちょっとだけ笑ってみせた。

「すると、さっき、犬の顔に飛びついたのは悟空ですか——」

「その時は、もう、おれは水の中にいて、十郎太を捜していたのだが、そうか、悟空が犬に飛びかかったか——」

「おかげで助かりました。しかし、悟空は——」

「心配はいらぬ。逃げ足だけは速いからな」

「しかし、この暗い水中で、よく、この男を捜せましたね」

「飛び込んだところが見えたのでな。あとは、潮の速さを考えて、見当をつけて、こちらも川に入ったのだ。まあ、偶然に助けられたということだろう」

「覚悟を決めたのですか、吉右衛門さん——」

「覚悟!?」

「今度の一件に関わる覚悟です」

「決めたよ」

吉右衛門は、素直にうなずいた。

「しかし、おれのやり方でだ。おれのやり方で、おれはやる」

「わたしたちは？」

「手を引いた方がいい。ここから先は、おれがやる」

「この前とは逆ですね」

「逆でもいい」

「水臭いですよ、吉右衛門さん。あんな剣呑《けんのん》な奴らの相手を、あなたひとりにはさせられません――」

「十三よ――」

硬い声で、吉右衛門は言った。

「なんです」

「おまえ、今度の一件について、色々と知りたがっていたな」

「話す決心がつきましたか」

「うむ」

「聴かせて下さい」

「今、ではない」

「いつです」

「明日の早朝――いや、今夜のことの後始末があるであろうから、明後日の早朝、おれのところへ来い」

「からくり屋敷へ？」

「ああ。おまえがわかるかわからぬかはともかく、その時に話をしよう」

「わかりました」

十三がうなずいた時、ふいに、仰向けに寝ていた十郎太が、激しく咳《せ》き込んだ。

ひとしきり、むせたように咳をして、ようやく静かになり、十郎太は眼を開いて、自分を覗き込んでいる男たちの顔を見あげた。

「気づきましたね――」

十三が言った。

「あなたは……」

「心配はいりません、我らは味方です――」

十郎太の眼が、上から覗き込んでいる男たちの顔を見きわめようとでもするように見あげている。

月明りに光る水面の反射で、かろうじて顔の輪郭が見てとれる。

十郎太の視線が、吉右衛門の上に止まった。

吉右衛門の顔をしばらく見つめていた十郎太の眼が、いぶかしげに細められた。

と――ふいに、十郎太の顔が歪《ゆが》んだ。

「あ、お、おまえは――」

口を開き、歯をみせ、叫び声をあげた。

「わああっ」

十郎太は、上体を起こそうとした。

舟が揺れた。

水が舟縁《ふなべり》から入ってくる。

「あ、危ねえ」

千吉が、慌てて腰を低くする。

「おまえだ、おまえが、父上を殺したのだ。よくも、よくも父上を――」

十郎太は、そう言いながら、吉右衛門を睨《にら》んだ。

「違う。わたしは、そなたの父を殺してはおらぬ。人違いじゃ。わたしは、堀河吉右衛門じゃ。よく見よ、わたしではない――」

静かな、優しい口調で、吉右衛門は言った。

「安心せよ、わたしではない。わたしはそなたの味方じゃ……」

吉右衛門は、十郎太の手を握った。

「今、手を握っている吉右衛門さんが、あなたを水の中から助けあげてくれたのです。生命の恩人ではあっても、怖れるような相手ではありませんよ――」

十三が、同じく、優しい声で、言いふくめるように言った。

ようやく、十郎太が静かになった。

しかし、まだ、吉右衛門を見る十郎太の眼には怯《おび》えの色が宿っていた。

「赤井《あかい》様のところへ、足を運んだのは、そなたであろう、十郎太殿——」

吉右衛門が問う。

こくんと、顎を引いて、十郎太がうなずいた。

十郎太が、ゆっくりと上体を起こす。

「あの似顔絵を描かせたのも、そなたであろう」

また、こくんと十郎太がうなずいた。

「赤井様に、不知火の連中のことを話しにゆき、その後は、奴らがおそろしくて、ずっと身を隠していたのであろう」

十郎太が、またうなずく。

「昼は、江戸のあちこちを動いて身を隠し、夜だけ、永代橋の下にやってきて、寝ていたのであろう」

「はい……」

ようやく、声に出して十郎太がうなずいた。

「今日、永代橋へやってきた連中は、そなたがあるものを持っていると考え、それが欲しくてやってきたのだ——」

「——」

「それは、大黒の割り符だ」

吉右衛門は言った。

十郎太は、黙っている。

「大黒の割り符？　なんなのです、それは？」

十三が、訊いてきた。

「おれにもようわからぬ。しかし、彼らは、それを十郎太殿が持っているものと考えている。今夜も、その、大黒の割り符をねろうてやってきたのであろう」

「本当か」

十三が問うたが、十郎太は沈黙したままだ。

その時、ごつり、ごつりと舟底が石に触れる音がして、舟が向こう岸に着いていた。

「どういたしやす？」

千吉が問うてきた。

「夜分だが、ひとまずは赤井様の役宅へ駆け込むのがよいであろう」

十三が言った。

「よいか？」

吉右衛門が言うと、

「はい……」

十郎太はうなずいていた。

四

夜のうちに、役人が現場に集まり、夜が明けると共に、見分が始まった。

赤井《あかい》越前守忠晶《えちぜんのかみただあきら》、松本一之進も、現場に足を運んできた。吉右衛門、十三、銕三郎、千吉の顔もそこにあった。

すでに、土手には見物人が集まっている。

吉右衛門の懐には、悟空が入って、襟の間から顔を覗かせている。

明るい朝の光の中で見ると、現場は、想像以上に凄《すさ》まじい様相であった。

現場は、ほぼ、吉右衛門たちが言った通りの状態であった。

七人分の惨殺屍体がそこにあり、そのうちのひとりは、屁っぴりむしの三助という、不知火の連中のひとりであった。

黒い犬に怯える男の話を耳にし、もしや一連の事件について何か知っているかと思い、会いに来たところ、この事件に出会ってしまった——十三が、そういうことを、赤井忠晶には、すでに説明していた。

説明は事実であり、それに赤井も納得している。

しかし、問題は、どうして、不知火の連中がここまでやってきたのかということである。

大黒の割り符の件については、話を聴いた赤井が訊ねても、

「わたしにはわかりません」

十郎太はそう言うばかりであった。

逆に、吉右衛門の方が、

「どこで、その割り符のことを?」

赤井から訊ねられてしまった。

「先夜、わが屋敷にやってきた不知火の連中のひとりが、大黒の割り符を捜しているらしいことを口にしておりましたので、もしや、十郎太殿が知っているかと思い訊ねたものにございます」

吉右衛門は、そう言って、あの晩のことを、あたりさわりなく短く語った。

その時——

「あ、こいつ、見たことあるぜ」

子供の声が響いた。

聴き覚えのある声に、吉右衛門がそちらへ眼をやると、屁っぴりむしの三助の屍体のそ

ばに、子供が立って、三助の顔を見下ろしていた。

「こら、子供が見るものではない。向こうへゆけ――」

役人のひとりが、その子供を追いやろうとすると、

「なんだよ、おれ、こいつの顔知ってるって言ってるのに――」

子供は声を大きくした。

「甚太郎――」

吉右衛門は、その子供の名を呼んだ。

「吉右衛門様――」

子供は、跳ねるようにして、吉右衛門のところまで寄ってきた。

「どうして、ここへ来た!?」

「こっちで、人死にがでて、たいへんなことになってるっていうから、見に来たんだ」

甚太郎が、土手の方へ眼をやった。

吉右衛門が、そこへ眼を向けると、土手を半分降りたあたりにいる見物人の中に、次郎松の顔もある。

「それよりも、甚太郎、今、何と言っていたのだ。そこで死んでいる男の顔に覚えがあると言っていなかったか――」

「言ったよ」

甚太郎は、けろりとした顔で言った。

そこへ、赤井忠晶や松本一之進も集まってきた。

「ほら、こいつ、あいつじゃないか――」

「あいつって？」

「山伏の格好して、泥鰌《どじょう》の入った瓢箪《ひょうたん》を揺らして金を稼いでいたやつがいたろう。吉右衛門様のところまでやってきて、金をせびろうとしたふたり組のひとりが、こいつだったじゃあないか――」

言われて、

「あっ」

と吉右衛門は声をあげていた。

屍体を見下ろす。

両の頬に、刃物の通り抜けた傷があって人相がわかりにくくなっているが、たしかにあの男だ。山伏姿の男と一緒にからくり屋敷にやってきた若い方の男――

「堀河殿、この男――屁っぴりむしの三助を御存知か？」

松本一之進が訊ねてきた。

「何カ月か前、深川八幡の境内で、山伏姿の男と一緒に、手妻《てづま》をやっていた男です――」

自分はその現場を見ていないが、甚太郎が見ている。

吉右衛門は、その日にあったことを、赤井忠晶と松本一之進に語った。

たしか、この屁っぴりむしの三助、山伏姿の男からは、善助と呼ばれていたのではなかったか。山伏姿の男の方は、善助から政吉あにきと呼ばれていたはずだ。

「政吉に、善助か――」

松本一之進がつぶやいた。

「山伏の格好をしていた政吉というのも、不知火の仲間と考えてよいであろうな」

赤井が腕を組む。

三助というのが、本名とは思えないが、この善助というのも、世をしのぶ仮の名であるということも充分に考えられる。

「盗《つと》めがない時は、放下師《ほうかし》をしのぎにしていたということだな……」

十三が言う。

「さっそく、その政吉と善助という放下師について、調べさせよう」

赤井は、そう言って手を伸ばし、

「坊主、顔を覚えていたというのは、お手柄じゃやな」

甚太郎の頭を撫《な》でた。


（下巻に続く）

本書は２０１３年６月朝日新聞出版より刊行されました。
なお、本作品はフィクションであり実在の個人・団体などとは一切関係がありません。

徳間文庫

天海《てんかい》の秘宝《ひほう》 上

2022年5月15日 初刷

著者 夢《ゆめ》枕《まくら》 獏《ばく》

発行者 小宮英行

発行所 株式会社 徳間書店

東京都品川区上大崎三—一—一 〒141—8202

目黒セントラルスクエア

電話 編集〇三(五四〇三)四三四九

販売〇四九(二九三)五五二一

振替 〇〇一四〇—〇—四四三九二

印刷 製本 大日本印刷株式会社

ISBN978-4-19-894743-9 (乱丁、落丁本はお取りかえいたします)